应如它长逝

汪涌豪 著

上海文艺出版社

目录

序 丁 帆　　　　　　　　　　　　　1

第一辑/爱一切复杂如圣书

呵，尼罗河　　　　　　　　　　　3

帝王谷开出的教训　　　　　　　　9

循阿布辛贝手指的方向　　　　　　13

谨同于亚历山大的呼吸　　　　　　16

黑铁时代有血　　　　　　　　　　18

背负世界的鹰　　　　　　　　　　20

新月沃土上的灵异　　　　　　　　24

裸露在地球肚脐的忧伤　　　　　　28

阿玛戎之战的勇士　　　　　　　　30

酒神的救赎　　　　　　　　　　　32

唯希腊能教的闲暇　　　　　　　　35

毒堇之杯　　　　　　　　　　　　38

普尼克斯山上的阿斯帕西娅　　　　41

爱一切复杂如圣书　　　　　　　　44

看玉钻镶满的他的凯旋　　　　　　47

落在奥勒留头上的沉思　　　　　　51

一切的未来已刻在废墟　　　　55

永醉在东方苏萨的婚床　　　　58

尽是削去鼻子的罗马皇帝　　　62

且沉醉在中世纪的良辰　　　　65

成为巴黎之前　　　　　　　　67

在西西里的圣坛上　　　　　　69

斯普利特的城基　　　　　　　73

愿海来归我　　　　　　　　　75

用城堡围起心之语言　　　　　79

是什么灌醉了狮心王的守卫　　81

哈布斯堡王朝的胜业　　　　　83

中国皇帝的故事　　　　　　　86

舍农索堡的飨宴　　　　　　　90

困陷在小特里亚农宫　　　　　92

所以要请出女神密涅瓦　　　　96

唯骑士才有的雄心　　　　　　99

阿拉贡留存下的　　　　　　　101

伊俄的忧郁如水　　　　　　　103

第二辑/仰众神有光

该如何让亡灵渡过冥河　　　　107

太阳神拉想复活的　　　　　　111

朝向众生的哈托尔　　　　　　114

菲莱岛上的伊西斯　　　　　　116

丽达与天鹅　　　　　　　　　118

2

先知之地	122
宽恕之树	124
水中看到的你的凋亡	128
阿卡迪亚的牧神	131
米迦勒之歌	135
伪经自有真英雄	138
那么早就注定了你的命悬一线	140
锦灰堆	143
仰众神有光	147
圣艾米利翁的殉道者	150
被迎回的列日人的神祇	152
盛满圣杯的教训	158
朝向心深处的繁星之野	163

第三辑/致远方至大的风景

日耳曼大街上的狄德罗	169
第戎的街巷	172
波尔多的三色堇	174
从圣艾米利翁远眺葡萄园	176
行醉在圣保罗·德旺斯	178
从圣米歇尔山拟想壮观	180
在尼斯醒来的早晨	181
落在秋叶上的伦敦	183
威斯敏斯特的夕阳嘱托	185
温德拉什河上的碎金	186

愿这样困陷在韦斯特盖特花园	188
泥盆纪的青肤	190
在台伯河上	192
欲起声色醉	194
就是有神驻足	196
这就去阿马尔菲海岸	198
试着在卡布里看海	200
这样的溺毙	202
唯托斯卡纳可安顿梦	204
无言能给予的初感	208
应如它长逝	210
哈尔斯塔特的拯救	212
为你与它的遇见	214
致远方至大的风景	216
蒙特勒的教训	218
杜布罗夫尼克的造访者	221
爱的祭献	223
宽街上的斯宾诺莎	225
在皇家代尔夫特陶器厂	227
诗的植物志 ——写在林奈塑像前	229
乌特勒支的暖阳下	231
阿尔比主座教堂	234
科尔多瓦,科尔多瓦	235

第四辑/它的名字

在《神曲》地狱第二层	239
请引我到贝雅特丽齐的桥头	241
苏莲托的浪漫诗魂	244
蒲柏庭院的金柳	248
你们只是说浪漫	252
谁留住了缪塞的绝望	254
所有人都愿唱马鲁利奇的歌	257
黑利阿迦巴鲁斯的玫瑰	259
像你这样的蒙马特精魂	263
为臆想成就的安格尔	264
归于母腹的大地	267
唯印象才有的庭院和池塘	270
被拯救的雷诺阿	273
行过马蒂斯的记忆	275
致墓中的夏加尔	276
被困在昂蒂布的毕加索	277
黑暗尽头的多雷	279
克里姆特的金色华袍	285
在莫里茨皇家美术馆门口	288
维米尔墓前的色盘	289
戴珍珠耳坠的女孩	291
致埃米尔·安托万·布德尔	293

灵魂的启蒙之旅

　　——致路易·詹莫特　　294

乌格利诺及其子孙　　297

这就屏住呼吸

　　——写在博尔盖塞美术馆　　300

由他搭建起华盖　　302

圣特蕾莎的狂喜　　304

有林茨交响曲拂过　　308

沉浸于肖邦如诗的幻境

　　——升C小调幻想即兴曲作品66号　　310

永住在阿尔特的舒曼　　315

被伏尔塔瓦河迎来的　　318

我用人的语言和天使的语言

　　——致勃拉姆斯《德意志安魂曲》　　320

任锤子都敲不出的悲伤　　323

以雪谛听萨尔茨堡　　326

它的名字　　328

后记　　330

序

丁 帆

朦胧诗后，我就远离了诗歌，几十年来也绝不写诗评文章，原因就在于"后新诗"在大俗大雅两极间腾挪跳跃，让我生畏，于是便徘徊其外。

汪涌豪先生是学贯中西的才子型学者，他寄来了诗集《应如它长逝》，命我作序，这让我惶惶不可终日，自知学力不逮，尤其是对中外诗歌史研究的浅薄，尚不可能完成这部诗集的完美阐释。好在他定义的"新诗"，是相对于他所从事的"古典诗歌"的传统形式而言的，也就是指"五四"白话诗的"新诗"风格，从这个意义上说，他的新诗集正是我喜欢的那种从古今中外诗歌传统中取精用宏的"新诗"，于是冒昧允诺为之作序。

我曾经这样评价过汪涌豪的新诗："我历来认为诗歌是文学中的贵族，她应该是有贵族气质的，在审美的、气度的、修养的、经验的层面上都是有很高造诣的。作为一个有着深厚古典诗词创作经验的当代诗者，涌豪兄走遍世界，进而创造出的现代诗才就有了不同凡响的大气象和大格局！不拘泥于传统思想与形式，又兼具中外文化的深厚底蕴，如此放眼诗界，让中国诗歌有了多维的坐标视角，堪称大家之作。"此言非为虚饰，从这些年的诗歌风景来看，我们的新诗正缺少这样的视界。

一俟进入汪涌豪新诗的语境，那种满血复活的澎湃激情，那种浪漫不羁的内容叙写，那种典雅雍容的抒情形式，让我一下子就寻觅到了敲开这部诗集大门的密匙。

这些年,我常在微信朋友圈里看到汪涌豪发出的游历各国风景,参观欧洲博物馆的九宫格图片,并配有长长的注文,每每看到这些图文,心中就充满激动,因为我也是西方绘画艺术的爱好者,虽不及他精通,却也懂得一点皮毛,有了觅到知音的欣喜,私下猜度他会不会将这些阅读绘画风景的体验写成散文,果不其然,文章来了,却没想到竟然是用"新诗"的文体,描述出了一个多彩的世界。

在游历中思考,在行旅中诵读,进而认识宇宙世界,是人生最好的知识积累和情感抒发。从这个意义上说,读万卷书和行万里路被历代文人和现代知识分子视为同等重要,是有其理由的。没有亲眼看到外面的世界,不说是井底之蛙,至少是人生巨大的缺憾。游记可诗可文,而汪涌豪选择了新诗的形式,来表现其所见、所闻与所感。

《应如它长逝》这些貌似歌咏风景的诗篇,让我们在历史和现代的文化语境中来回跳跃;在视觉、听觉和触觉的通感中得到艺术再创造的强烈辐射与感染,获得了人性的释放;同时,也在通古博今的内容表现与典雅的形式外壳的交汇中,走进了"诗与画"和"诗与话"的艺术语境。我们从他关于绘画、雕塑、建筑等的阐释与抒情中,从处处有典的诗句里,充分体验到了其他诗者所不能企及的知识学养,以及宏阔的美学能量的释放。

这不由得让我想起当年自己看到《戴珍珠耳环的少女》时的心情,最初的直觉印象是:作为肖像画,而且是头像特写,这个并不十分漂亮的少女,虽然眼神特别,清纯中带有一丝淡淡的哀愁,头巾蓝调色彩的运用特别跳脱,与拖曳下来的浅黄色形成构图上不对称的和谐，尤其那枚不大不小的耳环，下坠出懵懂青春的妩媚和豆蔻年华的性感。这样的画留给观者巨大的想象空间，可惜的是，那是一般人看不见的风景蕴含。

但那时，这幅画并没有引起我足够的重视，因为，对我这个油画外行者来说，过往观画都是奔着名人名作而去，并朝着他人解读名画的路子去读，然而，就是这幅《戴珍珠耳环的少女》的阅读变迁，彻底改变了一个观看者的视界。疫情期间，我就想写一篇关于它由油画到叙事再到电影的文章，因为这幅被埋葬了四百多年的画，复活在21世纪，它既有讽刺意味，却又有力地证明了一个伟大的真理——艺术的审美目光可以穿越时光隧道，让我们抹去历史尘埃，在现代审美生活中重新拭去历史的尘埃，使一幅画释放出夺目的光芒，成为新时代肖像画的"LOGO"，这就是艺术重释的力量，它能让这位荷兰画家约翰内斯·维米尔在天堂里放声大笑。然而，关键就在于每一幅画的背后都有一段故事，作为一种文学表达，它的人文和人性的内涵，远远溢出了图像本身的视觉审美，这是历史在现代传媒中涟漪般扩散而形成的审美效应。我想，从某种意义上来说，汪涌豪的《应如它长逝》和《戴珍珠耳环的少女》有异曲同工之妙。他将自己所看到的视觉图像，都凝聚成抒情的诗句，把画里画外的故事、风景和肖像，都放在审美的天平上衡量，从而让人性的内涵得到了充分的释放。所以，我坚信他的诗即使不被同时代人发现，但作为中外文学艺术交流史上的一朵奇葩，其艺术性却是永存的。

20世纪末的1999年，英国女作家特蕾西·雪佛兰将《戴珍珠耳环的少女》演绎成长篇小说。出版后被翻译成38种文字，全球畅销500多万册。2003年又被导演彼得·韦伯搬上银幕，由斯嘉丽·约翰逊和科林·费斯主演，在美国上映时，曾引起巨大的轰动。当一幅原本静止的画又一次回到活动图像的银幕上，它为什么会深深触动观众的灵魂，就是因原作"画外音"的审美效应穿越了时空。那么，其折射出的历史现场和所发出的历史回声，回荡出怎样的现代意义？它又在呼唤什么？毋庸置疑，那就是从历史深处重新走进画中的新的历史阐释，我以为《应如它长逝》的作者就是这样的阐释者，他诗歌的字里行间洋溢着或奔放或深邃的哲思，一定会给读者带来一种读风景、读肖像、读史诗的新体验，乃至会颠覆我们固有的关于"新诗"的创作观和阅读观。

果然，在《戴珍珠耳坠的女孩》一诗中，汪涌豪赞颂了少女的清纯与美丽后，表达了这样的意思："能越洋跨海的/是垂垂老者的回忆，/不输少年轻狂，/疯了似的默循/她的兰仪/如她微颤的佩环，/但何尝能设想有种/靥笑唇绽/如春桃樱颗，/绝胜于霞巾幔垂，/下姑山，渡瑶水，/灭尽了矜持，/只剩柔情。"这与前及小说作者将人性呈现于故事情景不同；与电影编导把叙事文字还原为流动的画面也不同——歌者汪涌豪将再创造的空间凝固在典雅的诗句中，让故事叙事在更加凝练的诗化中，得到空间的无限拓展与延伸，从而凝固在画面中的艺术张力也得到了更充分的释放。这就是另外一首《维米尔墓前的色盘》中所阐释的诗意所在："他们共同的宣示是：/蓝色指向天空，/意味着画有无限的深度。/它不仅如歌德所说/让人振奋亦让人平静，/其实是更真实地显示着/崇高的理性，/予人以最自由的生命。"我们在歌者对维米尔蓝调浪漫的抒情中，得到了生命永恒的慰藉。

以此反观汪涌豪这部诗集，我想，作为一个用现代诗歌形式吟唱的歌者，在他的游历年轮中，同时也称职地扮演了史诗"画外音"解说者与审美角色的"导游者"吧。所以，我们看到的是一个站在风景旁的艺术与思想启蒙者：宗教、历史、哲学、文学、神话故事……一切画面构图和艺术审美之间的"桥接"关系，在歌者饱含情感的叙诗里绽放出了人性的光辉。在《应如它长逝》里，无论是一地风景的描写，还是文化博物的抒情，都充盈着哲思的遐想，让人不仅看到歌者与西方文学艺术大师的对接，而且也看到了与中国古代和现代许多作家作品的联系。

我尤其喜欢那些叙事与哲思并存的"复调诗歌"，例如，在《灵魂的启蒙之旅——致路易·詹莫特》中的"在基督的见证下，/灵魂以新生婴儿的模样/见证了他诗歌的诞生。/这些诗写满关于时间的寓言，/从被遗忘与隐匿的过去，/到让贪婪蒙上迷纱的未来。/其间人性之恶/常引人朝向上升的台阶，/每一步都看似/押上了许诺，/其实际步步惊心，/充满了意想不到的陷阱。"歌者的"灵魂启蒙"和"艺术启蒙"汇成了一片人类情感奔腾不息的大江大海，这才是诗作者"诗和远方"的停泊地。

无疑，《应如它长逝》是二度还原图像时，作者面对历史语境的抒情性的价值释放。作为一个以古代文化和文学研究为志业的歌者，此时正是一个跨界的文学艺术的实践者，因为他的诗不仅充满了现代知识分子的人文意识，同时与其他诗作者不同的是，将密密匝匝的宗教、神话与历史的典故，弥散在诗的字里行间，充满着古典的气息和韵味。古代诗词的倩影，留照于西洋文艺的风景，构成了穿越时空的奇幻的审美意境。如此令人愉悦的咏叹，没有深厚的古典文学艺术和世界文学艺的学养和鉴赏力，是无法抵达那高贵典雅的艺术表现的彼岸的——其形式与内容的自然合一，两者融为一体，构成了作者诗歌创作的最高境界。

需要指出的是，这种典雅在汪涌豪并非是知识的吊古与炫耀，而正可弥补我们对西方绘画、雕塑和建筑艺术的审美缺憾；更进一步说，这是对中国现代诗歌史和艺术阐释史中缺少人文深度的一种主体介入的形式弥补。正如作者在《尼斯醒来的早晨》一诗中表达的那样："所以/我走过每一个地方，/都会留一个用以内视的窗口"。这"内视的窗口"，不正是从事诗歌创作者，乃至诗歌批评者所缺少的素养和自觉吗？

在《普尼克斯山上的阿斯帕西娅》中，歌者是这样抒写的："你有些轻狂了，/居然想/寻访痴梦中熟悉的旧时门巷。/你忘记了三唐才子的教训/是春风十里扬州路，/一身骏骨压塌的绣鞍，/终究与她隔着数尺高墙，/其实是远隔着/好几重蓬山。"在这里，我们会忘却自己所置身的时间和空间，仿佛策马穿梭在古代的驿道，飞跃过时间的隧道，灵魂放飞于自由遐想的梦幻空间。这样的诗，并不是一个只有才气的人就可以创造的。

当然，在《应如它长逝》中，我们也不难发现作者所表现出的那种现代诗特有的奔放激情和跳跃形式，其构成的活泼灵动，成为诗集的华丽外壳，而古诗的格律作为内在旋律，伴随着现代诗的节奏，与之居然混成一种别样的"多声部"，这是受知识学养的局限，许多新诗作者所不能抵达的审美自觉的境界，这也许就是作者丰厚的知识积累和专业熏陶，在自己创作中的"无意后注意"的释放吧。在中国，从古诗向现代诗转换的那一刻起，许多有作为的作者就追求把古诗精髓注入到现代诗的创作，再在形变幻中融入古典的阳光。正是这种不经意的投射与照拂，才使得《应如它长逝》的创作有了充足的底蕴。必须实事求是地说，在中国当代诗歌创作中，诗人缺少的就是汪涌豪所具有的对中外文化和文学艺术的了解与熟谙。

能够在创作题材上，使诗更富有现代气息，更有广阔的视野，更有深邃的思想，更有大写的人性内涵，不但是转圜调性的古典诗者难以企及的领域，也是现代诗歌一百多年来望尘莫及的目标。而一个从事中国古典文学研究的歌者，敢从这样的诗歌抒写中，找回自己的灵魂，找回文学研究者对文学艺术的感觉，甚至找回当代诗歌所缺失的那种大视界和大格局，这是要有勇气的。

把"新诗"变成了油画，变成了电影，在静止的风景画和肖像画的描写中，作者将画面和镜头通过蒙太奇的组接，让古典的夕阳照射在了现代人文的大地上，这是作者苦苦追求的人生答案。在《酒神的救赎》开篇中，歌者的灵魂叩问让我深省："该如何体认他同时是这样的垂死之神。/他从迈锡尼甚至米诺斯时代/就被确认的偶像的黄昏，足以滋养人，并引人在每年的祭祀庆典上/演深挚而深刻的悲剧，/又引亚里士多德和尼采的教诲/以相信唯悲剧才能焕发生命意志，/才能将人带向最高级的生命。"是的，这就是歌者与我们共同追寻的悲剧意识审美至高至上的思想风景线，生命的悲剧意识为什么是将人带向最高级的形态，而非"偶像的黄昏"？可以一言以蔽之，这个人类文化精神之谜，在现代和未来很长一段时间内，仍等待着我们去破解。

所以，当看到《中国皇帝的故事》被置放在西方文化背景中，你或许会觉得很怪异，但如能"在中国的屏风上"找到其精神的源头,就会在"新诗"中寻觅到更多的人文和审美的答案:"因为四世纪/马尔塞林对赛里斯国的赞美,/还有希罗多德确认它是/文化与智慧的摇篮,/后来利玛窦关于它地大物博,/连糖都白过欧洲的夸张,/就不再能撼动人心。……/景色美到发散着异香,/都是人无从知晓的谜。"下面是大段貌似客观描述中国风景的叙事童话,我并不想用歌者的诗歌修辞来解析这首长诗,就想用歌者另外一首诗中的句子来进行对读式注解,在《阿卡迪亚的牧神》里,"那真正诗意的栖居何在,并它们/在阳光下的影子为何再难寻觅。""平等、自由与爱无一不是人之所欲,/所以必与生命祈望的欢乐拥抱一处。/但人既已疏离了自然,它们也就必然脱开,/必难再应人所托,庇护他的欲望。/所以该承认一切的远遁不是抽离是逃避,/是这个时代最真实的败落的隐喻。"所有这些,都有助于我们打开歌者为人设置的那扇难以开启的重门,望见来自远方的历史哲思的足迹。

我还十分赞赏汪涌豪能将音乐元素植入"新诗"的表现中,仅仅一首《谁都会沉浸于肖邦诗中的幻境——升C小调幻想即兴曲作品66号》,就让我们在曲调的优美旋律中不能自已,歌者用他独特的体验,完美地阐释了音乐对于人类生命的重要:"虽然是中规中矩的三段体式,/一开始升C小调不同的/节奏型急速交合,分解和弦衬托的/快速流动的旋律,/奔放而富有幻想,/热情到有些焦躁。/然而才在矛盾中忧郁着,/很快就展开了中段/降D大调气息宽广的/歌唱性主题。/那优美如歌的行板属灵,/甜美到能纯美,/是略带着忧伤与哀那种,/似在等宣泄中的救赎,/可以让一种优柔寡断与无法释怀/在抒情中沉醉,融化,/在尾声中以低音/轻抚过它的梦幻与挣扎，/然后继续沉醉，融化，/陷入回忆，/直至整个世界终止于/主和弦上不断维护的它的主调，/上面有微露的曙光和着他的心跳，/虽有些犹豫，仍给人以希望，/以致隔再多个世纪/依然可以让人寄托至情，/尽管是这样/略带有惆怅和伤感的余音。"

是的，一切艺术都应该向音乐靠拢，都应用一种"内在韵律"表现物的本质，但这不是任何懂音乐的人就可以解说的。作为音乐"画外音"的诠释者，汪涌豪是在用灵魂谛听人间的天籁之音。无疑，作为交响乐不可或缺的组成部分，听觉给这部《应如它长逝》的视觉、触觉、味觉和嗅觉增添了浓墨重彩的一笔。作为这部庞大"复调交响诗"的尾声，那是灵魂的呼喊，希望它能够唤醒沉睡的人们。

2024年5月4日初稿于南大和园桂山下
7月14日修改于成都—南京航班上

第一辑 / 爱一切复杂如圣书

呵，尼罗河

早在托勒密王朝时代，
人们就热衷探寻它的源头。
为它的神形兼备
和史诗般的品性
低调地隐伏于布隆迪群山，
再婉约成白尼罗河，
安静地去会埃塞俄比亚
高原湖水作成的
梯斯赛特瀑布，听它
大声主张自己青尼罗河的名，
然后激情地冲入苏丹平原，
似情人急于相拥，
奔腾着来与自己相会。
要说这样的合体真是天意，
它明白与对方同享
尼罗河的名最是相宜。
以这样相宜与相依，
它们才走出撒哈拉
就汇入河口的三角洲，
并很快注入地中海，
演成了浩荡不息的长流。

东非高原上的雨丰沛呵，

但那些砂岩崖壁硬是要束紧它,

使它苗条处才可一握,

就劈面耸峙成俊俏的河谷。

河水连天接地,

然而一旦行到兴畅,它下游

河床滋育出雍容

就非人所能拟议。此时

水中繁生的植物出来延滞它,

阳光也乘机捕获它以润泽自己。

但所有的蒸发渗漏

都不足以留它,只能看它

兴高采烈地冲堆出

滋厚的淤泥。

所蜿蜒出的绿色长廊,

是丰饶得谁都艳羡的

沃野千里。

尤可称叹的是它虽然慷慨,

有时却潺湲于烟云间而略显悭吝。

但饶是如此,水情的丰涸

却恒定不欺,让人依它

定出的太阳历耕种劳作,

一年三熟繁衍出的无限生机

令河岸蕃衍益盛而乐善相成,

以致希罗多德啧啧称羡,

越出了史家应守的分际:

你看那里的农夫，

只需等河水泛滥到脚下，

灌溉田地再自行退去，

就可以将种子撒进土里，

去歇息、歌唱和求欢，

接着会有猪进去胡乱踩踏，

那喜人的丰收就可以预期。

呵，尼罗河

你这样雍容的气度

所造成的纵横的河网，水渠密布

及泻湖沙洲作成的黄金水道，

让河岸边的人有足够的力量

扯起帆，在载歌载舞中

鼓足勇气离开三角洲，

入海去向远方。

再看你堆积出的良田，

水的丰涸如人性的善恶交错着，

贯穿了被亚历山大征服前

数十个王朝的兴亡。

你所赋予人的二元认知

也正同此，是唯真正流淌在

这样的土地，才摇漾得出

这样灵机四溢的芬芳。

还有你退去后袒露的河洲
盛产纸草,能排成
最高而华丽的仪仗。
你让人剥去它们的外皮
再槌出它们的汁在阳光下晒,
然后用浮石擦亮,
所制成的纸足以承载
亡灵书的允诺,
有以见一种古老的文明,
诚为造物之无尽藏。

这样再从空中
往下看整片河洲,像极了
一朵盛放在晴空下的莲花,
你开阔的河床确实
遍生这种植物,
晓开晚阖如神启轮回,
可为神灵与逝者的供奉,
更给乐生的每个人
以每一刻都是永生的希望。

更不要说你还多壮硕的河马,
法老们常猎取它们
来显示自己的勇武,
并不惜为此丢掉性命,
这使得它们被视作

护佑逝者的神明，
再被作成精致的蓝釉陶
放入墓里，
它们的身上也绘有莲花，
像极了鳄鱼神
从莲花中托举出
荷鲁斯的孩子。

因为要教人从中体悟生死，
它与河东岸帝国时代留下的
卡尔纳克神庙似有合谋。
它百多根石柱
撑起的二十多座神殿，
都看向底比斯的主神阿蒙。
而庙里的主人也正轻嗅着它，
期待着自己能够重生
在某一个
同于这里的地方。

回念这里流传的
每一个神话，都说是你
养育了丰饶之神奥西里斯，
使灾难之神赛特不胜孺慕。
至于有一万个名字的
伊西斯，也如你
照管着爱与生育，

庇护着所有人，
教主夜与悲的奈芙蒂斯
因为知生的可贵，
而让一切有主的生命
不再彷徨。

帝王谷开出的教训

相较于尼罗河东岸的人间烟火，
西岸的底比斯只管收纳它的终曲。
它不动声色地看几个世纪
自己石灰岩断崖下
一间间豪华墓室和它们的主人，
只知守着数不清的珍宝，
在布满华丽天顶与壁饰的地下宫殿
望眼欲穿地等待九神的裁决，
然后满血复活。

图坦卡蒙只是他们当中的后来者，
少年继位很快就夭亡。
但因为身上流淌着荷鲁斯高贵的血，
所以仍能安享隆盛的装殓，
由两尊真人大的乌木镀金雕像作陪，
守着金冠、金椅和一大堆雪花瓶
安居于蓝瓷镶嵌的金石棺椁，
以黄金覆面，黑曜石与青石玻璃
饰自己的眉与眼，然后交叉着
执权杖与握冥鞭的双手，
将等待复活的愿
摆放在铺满花的胸前。

要说太阳神力克阿波菲斯后戴过这花，
众神之王阿图姆授予奥塞里斯
以便让他复活的，除了白与红的王冠，
也是它。它是死者通过末日审判
才得到的恩赏，但此刻它们都只属于他，
不容任何人有觊觎之心，
也不信哪个人敢无视墓道里
法老阴森的咒语：
无论谁搅扰了我的宁静，
死神之翼必降临他头上。

然而他沉沉的睡还是被人惊醒，
就像三千年间，他先祖的重生之地
无一例外都被人洗劫，
甚至不到十年
就让位给了野狐、沙隼和蝙蝠。
这样的主客易位怪谁，
谁让历史太长，法老又太多。
所以别委屈了，
就挤一挤，合葬一处吧。
至于你们宠幸的妃子，
就顾不上是否还能看到太阳
从尼罗河东岸升起，
又逃无可逃地必然在西岸落下。
这样垂死的坠落中，
总会有一些无主的灵魂

不知归于何方。

初来的希腊人就是这样
常在感叹中想及远方诸神的召唤,
并为这隧道酷似牧童的长笛
而称这种陵墓为"笛穴",
而感叹从图特摩斯三世、塞提一世
到有荷鲁斯与图特加持的
拉美西斯二世,都比不过
寸功未建的图坦卡蒙。
但再富丽奢华的墓室也是墓室,
再好命的图坦卡蒙也难逃短命夭亡。
而我们只想和宁芙们一起
在森林和泉水边永久欢畅,
只想着希罗多德在富人筵席上
指着一佩巨斯的木乃伊,
借《历史》一书发出的忠告:
饮酒作乐吧,
不然就请看看这个,
他是你们死后的样子,
何况你们大概率还比不过他。

这样就请回到尼罗河纸草摇曳出的
法老们的诵祷:
我用生命净化了你,愿你
像空气神舒和太阳神拉一样年轻,

像月亮一样返老还童，由亏转盈。
然后我还有大愿，
愿我的四肢永远年轻，
双臂仍拥有无上的权力。
愿我永远有丰厚的供奉，
在每个瓦格节、图特节、火焰节
及每个新年宴会和盛大游行中
都能得到神的祝福。

然而在这样宽广的河床，
河水只管这样浩浩汤汤，
它有自己命定的趋赴，
它只能这样不动声色地吟唱：
冠我玄冕兮要我朱绂，
高陵平原兮虽有丰壤，
据渭踞泾兮艳骨成土，
冠盖绮罗兮终归夕阳。

循阿布辛贝手指的方向

虽说被这样的依崖凿建震撼到了,
仍试着想削减
堆叠在它身上三千多年的荣耀。
它们通常被转换成某些大词
譬如"宏大",似其主人,
伟大的法老王拉美西斯二世
所好不就在各种大兴土木,
从建一座城到一个首都。
然而金字塔的巨石累累
一直横亘在那里,
这样它前后柱厅及神堂的体量
就只能说藐乎小矣。

再譬如"神秘",是遍地沙碛,
热浪滚烫中偏住着冥神普赫塔赫。
它厚实的岩围护着同样厚实的
他的愿,这使它成为世上
最深而幽暗的神庙。
然而每年,终究还是有两天,
清晨的阳光穿堂而入,
轻抚过他略显清冷的脸,
似安慰他抗衡赫梯
与威服努比亚人的赫赫功业

都早已风化,也不再新鲜。

那么"爱欲"呢?
在位近七十年,
寿过鲐背的他,慈祥地据有
八位皇后和数不清的嫔妃。
他固然爱她们中的每一个,
她们也一直承他的宠。
但再怎么承也都是仰承,
都必须分侍在他的膝下,
并她们的心
也一定不能高过他的膝盖,
包括最得宠的奈菲塔莉,
被称为穆特神的爱人也如此,
也只能依附于哈托尔神
别处侧殿,
用"小巧""乖驯"修辞自己,
而决不敢与之分庭抗礼。

这样到他死后,
能领受的最隆盛的词汇
就只能是"寂寞"。
这巨大如山的寂寞
一如他生前享有的巨大的荣耀。
他有多么荣耀,
就一定会多么寂寞地

无异于别的野心勃勃的君王。
他的身名很快褪尽光环,
大词凋零于时间的湍流,
有镰刀既收割后妃们的红唇
又刻镂他的枯骨,
然后由它们被尘封沙埋而不悲,
由围绕着它们自矜声价的大词
仓皇失据,声华剥落到
一身狼狈而不怜惜,
是为真懂什么叫不自量力,
又什么是枉费心力。

谨同于亚历山大的呼吸

背倚着迈尔尤特湖的这片海，
有荷马瞩目的法罗斯
横卧在潋滟的波光中。
它平阔的海湾，有最好的锚点，
吸引了亚历山大率军
跨过海峡，未卸甲
就告诉主建筑师狄诺克莱特斯
要在这里建一座城，
并用自己的名字来命名。
他相信自己的雄才大略
足以吞山包海，
只是没想到以后还有几十座城
注定要冠上他的名字。
那就随它去吧，谁有空管这些呢，
重要的是就在此刻，在这里，
这样让人歌迎酒送的事情真的发生了，
并真的随身后士兵撒出的谷粒
被一一标记为高出海面的神庙，
以供奉马其顿高视阔步的神灵，
包括他乐意接纳的伊西斯
和她所缔造的埃及的新生命。
其他则还须建成
高敞的宫殿和图书馆，

且体量必须大到

掩有这城市四分之一的土地。

这样才够安顿希腊庞大的遗产，

并有以召唤后来的罗马人

建更侈丽的剧院与浴场。

为此，他殷勤地注视了好几个世纪，

病榻上的叮嘱，很久仍带着呼吸：

你们可以沿尼罗河东岸

去采阿斯旺上好的石料，

但包括萨拉皮雍神庙的骑士柱

永世高耸，必须是我钟爱的

科林斯式和爵床花图案。

这样才能盛放

足以取代迦太基并富垾罗马的

我钟意的生活。

才能安慰我闪电般耀眼的勋业

和刀切般终止的年命，

是这样依托我理想的始发地，

并假这座城，

与这片海朝夕共处。

黑铁时代有血

从宇宙陨落的铁
从来比铜要少,
所以埃及人视它为圣物,
将它打造成匕首,
与黄金剑一起埋进法老陵墓,
以为尊崇与炫耀。

但赫梯人既然来了,
这片富饶的安那托利亚的土地,
一千度炉温烧制的就不应
仅仅是妇人的坐像与陶器,
更应该有技术来冶炼它,
将它打造成鏊、剑和步兵弯刀,
再让马披它为甲,拉华丽的车
从都城哈图沙出发横绝小亚细亚,
让埃及人心惊胆战。

所以,他们一定要让它
贵过黄金与铜,并炼它成器,
将它视作不许外传的专利。
至于有些的仰恳
真很虔诚,须借它供奉给
自然女神西布莉,

更有些誓约如它一样
不可更改，也只有拜托它
才能稳住每一个跳脱的文字，
让它们深深地楔入历史，
有以在纪元前的黉夜中
渟蓄，流传。

当然，倘要刻上
出入米坦尼和巴比伦的战绩，
使帝国与埃及、亚述鼎足而三，
使西边的希腊终止于西而偏西，
并自己迟早要往东灭古巴比伦，
往南占叙利亚和压境埃及，
还需要用血来淬厉它，
让它更加的锋利。
这样哈利斯河的风才能婉媚地
抚其阵战后的累累刀伤，
说自己虽倏尔败亡，
犹能让腓尼基
传自己铁与血的气性，
终究不失为
西亚最强大的国家。

背负世界的鹰

很久以前,北方托尔特克人
照太阳神的指示,
来这里的阿纳华克谷地,
在两座死火山之间
发现了一座神统治的城市。
它公元一世纪就已堆成的高塔
镶满了火山石拼成的图案。
几百级台阶整齐又稳实地
将人引向更高的塔顶,
为的是能拜祭住那里的太阳。

这就是特奥蒂瓦坎,
仰承一只叼着蛇的鹰的指引
它停在仙人掌上,像是神启,
让人觉得必须在这里
建一座城,再建一条亡灵大道
隔开两边大大小小的塔,
上面镶满带着羽毛项圈的蛇
和用玉米芯拼合的雨神,
这样才可以与萨巴特克人一起
恭敬地迎这蛇与鹰回家。

当然这座城也用各种语言

向神灵夸耀自己横跨墨西哥
和延伸及危地马拉的辽阔版图，
大得似消失了边际。
它不惮远征的军队攻城略地，
并扩张与邻国的贸易，所造成的
四百年间最大的城市，
诚是印第安人心中的众神居所，
确实势倾当世，可称奇迹，
并真的一时无两。

但崛起于图拉城的托尔特克人
虽自视羽蛇神的子孙，
仍在米斯科特尔的率领下
干净利落地洗劫了它，
将它连同独角战神一起付之一炬。
他们重建了属于自己的神殿，
并尊自己的王为羽蛇神替身，
视晨星之宫为最神圣的祭场。
所建成的库尔华坎
就是碾压整个美洲都不在话下。

直到说奇奇梅克语的部落闯入，
不甘为奴隶和雇佣兵的他们因为军功
得以在盐湖岛上起家。
他们将托尔特克人赶到尤卡坦，
再追随伟大的伊特斯利亚特尔

将太阳与美洲狮涂抹到旗上
来佑神殿下埋着的狼的头骨和面具。
更有一只背负世界的鹰,
成为才建成的阿兹特克王国的
图腾和标志。

因此他们好战,乐意口传并图画
托尔特克帝国的盛迹。
他们视死后升天为极致,最终
真就建成了特诺奇蒂特兰和无数卫星城。
城中的男童自出生第一天起
就注定要成为履险蹈危的战士,
要穿上盐浸泡后变硬的战袍,
持尖锐的石头到战场上去挑战对手。
去斩十万人牲,
以祭祀万能的库库尔坎。

终于可以用浑朴懵懂的眼
看地球上已活了五个太阳纪的人类,
太平庸。它发愿集托尔特克和玛雅的
各种神灵育新太阳纪中的新的自己,
连同阿科勒亚人和特帕涅克人,
让代表诸神与神使的国王和祭司
继续拥有通灵的特权,并垄断那些
珍贵的黑曜石,由它们
替神安上眼睛,再做成酒杯,

以确保每个清时良夜都笙歌不断。

既然已盗来玛雅人和印第安人的爝火，
它宏伟的城市与开阔的街道广场
就该有从陆地引入的水来清洗，
来凿出长长的石槽，绕更长的防水堤
围蒙特苏马王的大宫廷和达官们的府邸，
以便让它们的主人安享奴隶的创造，
以发达的农耕技术与历法
传与印加和玛雅鼎足而三的文化。
还有象形文字漫过的羽冠与金饰，
这一切都足以令他们自觉当仁不让。

然而因为它一切的愿都够原始，
又沾了太多血，委实让所有人害怕。
回念欧洲人来美洲前，
这座知晓神之路的特诺奇蒂特兰
尽是羡煞人的盛世繁华。
它东达墨西哥湾西抵太平洋的强大，
足以辐射高原的每一个角落，
但终究因穷兵黩武，只能在夕阳中
扮最后上场的过客，匆匆地
听任科尔特斯将它的大幕拉下。

新月沃土上的灵异

用两千年时间来传唱
它流播了两千年神迹的这块土地,
此后又沉寂了两千年,还是让
太阳神沙马什赐它俊朗的丰姿,
让阿达特赋予它的半神的力量
得以完满重现。

他的性情何其暴戾,
不许国中的父亲留下自己的儿子,
儿子的新娘也没有初夜的欢洽,
所以注定要受天谴,
要带包括恩启都之死加于他的痛
在荒野游荡,去面对大洪水后
唯一幸存的乌塔纳皮什提的提醒。

此前恩启都已告诉过他大地的法则
是世上的人与他一样都不可能永生。
这就是乌鲁克王朝的吉尔伽美什,
人们称颂的他与恩美卡及卢伽尔班达的吟唱
让《圣经》有圣迹的依循,
让《荷马史诗》以下的歌者有可比照的母本。
即使它们的想象散落在十二块泥板外,
仍可以为苏美尔文明传奇。

要说来自太阳系中第十二天体尼比鲁，
被《旧约》称为希纳国的文明，
是这样虔诚地守护着自己的永生树。
它让主神安努的嫡子恩利尔掌控地球，
让女王宁玛用这树上的枝条不停地
向此后的君王招摇，虽吝于赐其永生，
又让吉尔伽美什的仙草得而复失，
终究还是允诺他们
拥有繁衍与求智的权利。

这样就有了后来收藏在
亚述尼尼微图书馆中的几十万块泥板，
和它们所记录的城邦伟大的文明，
从天文学、数学到治水术都不可思议，
是人至今都无法破译的奇迹。
而波斯玛瑙与地中海贝壳串联起的
它的迪尔蒙珠串，也配得上闪耀着光的
安纳托利亚黑曜石和阿富汗青金石，
更使那种热俗的生活留迹其上，
并沐浴着灵光，风生水起。

且由黎巴嫩也稀罕的红色莱姆石
搭建从埃利都、拉格什到乌鲁克与乌尔
数十个城邦的吉古拉特，
再让它们供奉在最高处的神龛朗照
被吉尔伽美什拒绝过的女神伊什塔尔，

看大地上的人们开河灌溉与耕作,
又采铜炼金,制定历法,
使诸神与恒星一一对应,
头上有代表月神辛的一弯新月,
有象征昴宿星团的七个圆点,
所绘制的星图居然与后人的观测无异。

这就来到由乌尔帝国造就的
它最后一个世纪的辉煌。
然而《苏美尔王表》上动辄数十万年
百多位王与朝的更迭,
是12为单位60进位制所无法计算的
悠长历史,托梦给乌鲁克遗址
这个人类第一座城和它曾经的王:
你可以拒绝阿努和他的女儿,
却无法违逆神的规训。
你虽没听过死的声音像极芦苇被折断,
该知道人终不免于夭亡,
并终究将永失神王的消息。

所以快扳动锁环开启那道门,
看里面神留下的楔形字符
虽确认了你是女神宁苏之子,
但你治下的黑头人只是人,而不是神。
他们纷争不断,总是失控,
用三千六百行诗都收纳不了的

他们的欲望在升腾蒸发，
真需要倾听来自神的警示：
当你们活到某个时候，
疏浚的河道必将四溢，
洪水与仇恨也必然遍布大地。
凡此都注定了你们不得永生，
你因此无须叹息。

裸露在地球肚脐的忧伤

航海家眼中悲惨而奇异的土地，
在还没被命名前
就已有人坐独木舟来到这里。
他们与波利尼西亚岛上的
萨摩亚和大溪地人同宗，不仅勇敢，
而且善航海，即使硬生生地
被闯入者改造成基督徒，
仍能以拉帕努伊人的眼和嘴
传自己的心，并执拗地
认定它可以借木头说话，流传。

但很快，这些叫"朗格朗格"的木头
被传教士烧毁殆尽。这让他们
更小心地呵护仅剩的二十四块，
用鲨鱼牙和黑曜石在上面
刻上鱼、鸟和草木，再钉成一条船，
载自己的无助与绝望，
是不想要人知这板上留存的密诉
是以海为祭台，举火，再匍伏着
朝向每一天的日升月落，
和代其行权的每一个莫埃。

这注定你读不懂板上的文字，

更难破解这些莫埃石像为何都
削额，长耳，高鼻，微翘着下巴，
眼窝深陷中有些因镶嵌了贝壳，
越发有神的意气。
然而玄武岩凝灰岩打造的表情虽沉毅，
终究如火山死灭，已灰冷了
庇护逝者的温情，它抿紧的嘴
封闭了怨与悔，是不想说
究竟谁降下了这样的浩劫。

这就攀上特雷瓦卡山顶
看阿纳凯一长溜的沉默，似在想
岛上的森林茂密，每一株都谨守着
这块地球肚脐的秘密，为何后来
再没了可以养活鱼贝的礁
和可以凿造捕鲸船的树，
以致自己从采石场一路走来的辛苦
徒具背海肃立的阵仗，
没过多久就被纷乱的争攘推倒，
被新起的鸟人崇拜换下。

阿玛戎之战的勇士

占据着小亚细亚到色雷斯的
阿玛戎人,虽是清一色的女孩,
却不愧是战神阿瑞斯的后人。
她们天性刚烈,尚武,
似不记得滋育她们的特尔莫冬河
从来要她们用善感的心
和弱不胜衣的体来显它的韵。
她们虽敛气吞下娇叱
总难从命,故将刚诞下的男孩
交给不再相见的他们的父亲,
而女孩才是真千金,才必须成为
携战斧轻盾奔跑如风的强者,
与剑和投枪亲密如闺中的玩伴,
爱胸甲和胫甲一如轻袿与绣裳,
必要时,为了将弓引满
甚至眼睛不眨一下就可以割去右乳,
诚是荷马所说的男人一样的战士。
但从伊阿宋到忒修斯,
男人哪里配仰视她们,
即使伟大的半神赫克勒斯也不过
夺了她们的王的腰带,
才勉强凑齐自己的十二功绩。
至若她们为拯救因赫克托耳战死

而陷于绝望的特洛伊人,
敢与希腊作战的勇气,
令阿喀琉斯也为之气沮动容,
为之揭开她的头盔,
因见她的脸满是血却依旧妩媚
如蓬蓬远春,而生无穷的悔,
而哪里敢有一丝丝
得意忘形的张狂。

此刻,
有姣好的脸与身段的这个女人,
因头发被敌人揪住,
正从坐骑上跌落下来,
盾虽在而剑已脱手,
就要阖上美而幽邃的眼睛。
她似听到战场上人们在喊:
神啊,请留下她,
必须留下她即将冷去的身体,
给她以永远不死的灵魂,
因为这世上的男人
都需要借她照自己的猥弱,
以增热血,以有豪情,
以保证自己心虽灰冷
终究有合长年的神全气旺。

酒神的救赎

从卫城俯视不死而重生的
宙斯之子,是曾经
托付给山林仙女的狂欢之神。
他以西勒诺斯那里习得的本领
伴侍那些狂乱的音乐,
乘着酒兴,坐黑豹车
从希腊游荡到小亚细亚,
再冒险去印度和埃塞俄比亚,
究竟是靠什么
让古希腊人和色雷斯人这样信他
不仅掌握了大自然的秘密,
有种植与酿制葡萄酒的配方,
更能以欢乐与爱
护佑这土地上的人们,
像庄稼一样茁长。

看每年春季葡萄藤长出的新叶
和它成熟时尽大地铺展开的庆典,
如何在阿夫洛斯管伴奏下
唱颂着属于自己的酒神与植物神,
他们认它还是伟大的繁殖神,
浑同于当初那个
招女人们亲近的追风少年。

然他不死而重生的历史

蕴含着太多难以谐和的对立,

譬如创造与毁灭,以及生与死,

所以他还是受迫害与受苦难之神。

这样尖锐的矛盾,居然能做成他

作为一切胜者的原型,

那么神圣地先在那克索斯岛

后在皮奥夏的喀泰戎山,

让所有人一起载歌载舞。

有时才戴着面具模拟他的死,

转眼就不自主地

赞美起他重又获得生命。

该如何体认他同时是这样的垂死之神。

他从迈锡尼甚至米诺斯时代

就被确认的偶像的黄昏,足以滋养人,

并引人在每年的祭祀庆典上

演深挚而深刻的悲剧,

又引亚里士多德和尼采的教诲,

以相信唯悲剧才能焕发生命意志,

才能将人带向最高级的生命。

这就是酒神精神所赋予的

古希腊戏剧的魅力,既神秘又独特。

它所扮演的因此都是解放者的角色,

它的厌世、迷乱与放弃

因此都基于不屈与自尊,

是要把人生置于一切神的死亡之殿
去瞥漆黑无比的生命之渊，
说悲惨不会消亡也不应该消亡，
从而给未来以希望。
它似被赋予绝望与垂死的神格，
实际是给人以机会，
赐人以神圣的创造性时刻，
让他从变乱走向有序，
从痛苦中获得成长，
从而有可以信赖的真的救赎。

唯希腊能教的闲暇

说真话，
我其实不大能欣赏
那些辛苦的劳作，
只希望有更多的时间
去想些无聊的事情，
不求答案，
更确知它们原本就
无所谓答案。

譬如风去雨来，
牛花茧丝所牵绊的
蚂蚁上树，
能鬼使神差地
让人回绝花开的邀请，
病恹恹，似这样
有违从来习得的教养，
其实是要忙迫的人
能忘掉那些迷乱。

包括常检细行，
从来被认为是大好的修行，
其实与质原貌朴隔着山海。
它的表现终究比自然

多出一点,
正如你在人前展示的笑,
不自觉地会比有子私室承欢
多出一丝勉强,
这终究会妨碍人的
好整以暇。

这样许你再谈论处闲之道,
会明白纷扰的日常,
能闲一刻,才见得出人
最为难得的善。
并当你因养闲而少了什么,
正有物来代天考较
你的心性,要你省察
因欲望而多出的你的焦虑,
实无必要,尤其当它们
都强烈地主张自己,
你更需要懂得放下。

至此你必定会厌弃阿诺德
所指斥的现代人,
和他们令人作呕的匆忙。
必定想回到我此刻身在的希腊,
听柏拉图们说善游憩者
不是懒散,是真泰然,
并为所受到的教育而听命于理性,

这样的沉思、冥想与静观
是哲学，它同于皮提亚竞技会，
都有助人挣脱必然的宰制，
是在无所事事中结识幸福，
即羲皇上人也不遑多让。

毒堇之杯

平静地举起毒堇之杯,
作别刚消逝于雅典的黄金时代。
那种远胜于斯巴达的良善政治,
还有对谦逊与直言的鼓励,
是终将到来的时代灵魂,
最能安慰一切的殉道与先知。

人既然活着就难免会遭不幸,
就不必奇怪会见识到各种奢侈与贪婪
以及容不下不同声音的帝国病。
但最让人感叹的是它竟不知
向内探索才是人的真幸福,
所以才拒绝智者冷静的提醒。

所谓的不信神明,
正足以养成对流行观念的质疑。
它哪里能败坏少年,
实际是要他们尊德性而善节制,
直至某个时刻,能像他一样
为服从制度正义而拒绝脱罪开释。

远方山冈上有风绕过卫城的廊柱,
送来蓝叶金合欢的香气。

它伴耶路撒冷刺与狭叶薰衣草的芳菲
徐徐地，吹进菲洛帕波斯
山下他的牢房，正是他想要的
灵魂远行的仪式。

且让我先打发了拙荆桑娣帕，
再放下未及赶来的学生柏拉图，
安慰紧拽我不放的克利托。
你们都听得懂我所说的洞穴寓言，
所以能确知肉体才是灵魂的牢狱，
并走得出它的阴影。

各走各路的时候终于到了，
此刻我去死，你们尽其可能地活。
我与这个世界相遇，
自然就与这个世界相蚀。
我自不辱我的使命，
这必使我与众生相聚。

但你们须信我哲学生活的不朽，
别去敬那些热衷打仗的诸神。
别追求有违真理、正义与美德的功业，
为其极易让人滋生盲目的乐观与野心，
而浑忘唯清闲才最难得，
才是对高贵最真挚的回敬。

再见了，我俊朗而英武的少年，
愿你们能尊信长者难得的智慧，
不要像亚西比德那样受智术师蛊惑
而图利于僭主、政客与暴君，
就此枉费了我在市集和竞技场上
对你们的劝诫与叮咛。

开心起来，陪审团的裁决者们，
我之所以不愿选择流亡，
是要证明没什么事能危及真正的人。
更何况一切人中唯哲学家最不怕死，
他以不计生死为每日的清课，
这原本就近乎他真实自然的本性。

普尼克斯山上的阿斯帕西娅

你有些轻狂了,居然想
寻访痴梦中熟悉的旧时门巷。
你忘记了三唐才子的教训
是春风十里扬州路,
一身骏骨压塌的绣鞍,
终究与她隔着数尺高墙,
其实是远隔着
好几重蓬山。

你好不容易站上她的台阶,
抚重门上的题诗,
犹有杏雨天燕子衔泥的光景。
你轻叹窸窣罗裙语分茶,
是才温柔唤卿卿,
无奈伤心词客乏琼佩,
提醒你虽落寞莫失归时路。
惟那里的柳色才能陪你
陌头歌断酒阑珊。

这样你不得不抱膝枯坐,
听北窗雪案上
青灯黄卷的困倦呼吸。
你南窗下的啸傲

总少了几分高士的孤冷,
并即使剪西窗的烛
都没故人与你联床促膝,
是只有搔首东窗,
放一天的清风伴明月,
由它们装饰古贤者的清欢。

因此你惊喜世界居然有这样的
沙龙与女主人,能让整个雅典
变得谦虚和慷慨,接纳并感谢她,
为她漂亮金发绾成的髻
和玉音轻吐如银铃,
最合符文法与修辞,让人们
不仅因她的足弓深深
能敲打伯里克利的心,还因她
能代他拟祭悼阵亡者的演讲
而心悦诚服,
而禁不住地由衷赞叹。

或许还应该去安纳托亚西海岸,
感受从米利都走出的
直观与理性,不仅造就了泰勒斯,
它的滋育引苏格拉底向她讨教论辩术,
柏拉图求她传恋爱的技巧,
而亚西比德所溺陷的欢乐之家
因此是学校,不是要人丧志,

恰恰是声利场上多炎凉,
芳年华月,怎敌它
金帐流苏娇侍夜,
以酒就那样的蜜糕与奶饼,
醉乡总逊温柔乡。

爱一切复杂如圣书

高原，河谷，
怎么会有人侵露悄立，
任风来攀她不知恨谁的心事，
曲曲，又才迭眉山，
和孔雀石匀成的最浓厚的眼影，
再忙不迭用死海的盐去除角质，
用尼罗河产的牛奶与蜂蜜做成膜
敷自己的脸，都无法掩
自己的心正逐凉于
纸莎草上的每一个雨滴，
并变尽故态，
仍兀自想在王的眼前招摇。

向晚，日落，
一些吹残怜恤另一些望断，
似问候前生可有今宵月，
而今宵又可于这冷清的宫殿
驻久哪些坚比金石的誓言，
为何还没越过轮回就已落空，
已搅人无眠，似这样
每个夜都灭尽神的踪影，
和愁醉于时空尽头的
幽深暗晦的心事，

令鬼神惊泣的乌德琴
不得不传远方杳眇的笙箫。

命定,必须
有人像中蛊一样去接受一种筛选
破解它的谜。那些蛰伏在
细节中的谜够多够妖魅,
令他无法抗拒,就是着了魔。
你无法理解他近乎痴的专注,
但他是真天才,就是能尊
从阿比多斯到拉美西姆每一处
石碑上的字为神祇,
并二十年永日无休地猜与思索,
即使惊动亡灵书上的咒语,
也发誓要让这些谜见出分晓。

这样,就有
随罗塞塔碑唤出的它圣书体写就的前史
及方尖碑标记的王的功德。
普林尼说后者尤其象征太阳的光,
它的尖端最先触及这种光,
所以能传拉美西斯征服努比亚的勋绩,
和为感谢众神,让两座这样的碑
看顾着卢克索神庙的心,
其实是知道自己虽嫔妃儿女无数
而终将死去,终需要

在王朝乃至整个埃及衰落的前夜，
有引渡人进入神界的向导。

天才是商博良，因此就是有资格
建议路易十八向埃及索要那个方尖碑，
为它让人想得起最伟大的法老，
美而完整得足为法兰西重振的标志。
然而此后日升月落中的
它的磨损与漫漶，
预示了它很难免于在冷清中声息光消。
它从原先成对并立到如今分处两地，
其间的距离已然是雨果眼中的文明断裂。
而那贡献了文明的一方
虽古老，是否真换来了新的文明，
只有老天知道。

看玉钻镶满的他的凯旋

难得有哪个罗马皇帝能像他

亲率大军渡过多瑙河,

击溃了涅斯特河畔的达契亚。

他的演说与他的谋略一样

有感染力,令一万战俘

驯服地驮成堆的黄金白银

充他的国库,并才传要

亲征亚美尼亚,

就以冷峻的眼扫过底格里斯河,

御风鼓帕提亚的龙旗

抵达了波斯湾。

因为雄才大略,他就无需矫饰。

他全无架子地与仆从

一同狩猎,然后一同分享收获,

在酒酣耳热中淋漓歌呼,

并明知道苏拉有心背叛自己

仍去他家中畅饮,

这样的气度,自然令少年爱他如狂。

对此他虽偶尔心存向往,

但终知道在鲜花着锦的罗马,

他们是自己必须避免的麻烦。

所以他要留狄奥在身边
谈哲学,以便让自己
头脑清醒,少讲废话。
他将前几任皇帝留下的别墅
统统送给部下,
为它们每年只偶尔引主人枉顾,
实在是没有必要的浪费。
这样的自律,固然基于
必须人有己才有的想法,
但更乐意与自己相处,
才促使他能下这样的判断。

可颂扬的善良与仁慈,
让他像极了稳健的父亲与理财家。
他宁宽纵有罪也不错罚无辜的做派,
又俨然是公正的法官,犹胜过
斯多葛派坚执的无所谓生死的勇敢。
所以见多了暴政的元老院
要推举小普林尼以热情的颂词迎他,
这让他体会到皇帝并非主人,
而是公众的仆从。
那治驭众人之人只有经众人选出,
才有帝国焕然一新的气象。

并非金银堆叠出的罗马新气象,
就这样让自己坦直的大道

直通疏浚后的运河，到克劳乌斯港
来许臣民一个城中心的广场，
让它的入口处有高大的拱门，
有供他们集会的乌尔庇亚会堂
和奥皮亚廊柱大厅，还有两个图书馆
遥遥相对，分藏数万册
拉丁语和希腊语写就的不坠的经典
录存广场中他与他的凯旋柱，
以免它们一不留神就会随夕阳西下。

看这根屹立了近两千年，
由阿尔卑斯山卡拉拉石堆叠成的
多立克柱上的他的功勋，
须他现身九十次绕柱二十三周才能说完。
而两千五百多个神、人，
无数牛马辎重被刻画得栩栩如生，
与起伏在地平线上的哨卡一样
都经得起勘合，
傍着多瑙河水争先恐后地
奔涌过河上的桥梁，
和河岸错落的营帐。

犹忆《罗马帝国衰亡史》的感叹，
能逃过时间与兵火的罗马建筑何其之少。
然而赖安睡在柱础下他的护佑，
不以张牙舞爪的强势，仅靠着

毅力与理想的传递，
居然让他差点赶过亚历山大的勋绩，
并碾压了旺多姆圆柱上的拿破仑
和耸立在冬宫的亚历山大柱。
因为他造就了人类最幸福的年代，
所以虽生命留在塞利努斯，
仍然是罗马人的精神支柱。

落在奥勒留头上的沉思

才十一岁,

他就让自己披上了

哲学家的长袍。

他少年的心性,要他

从祖父那里学习克制,

从父亲的回忆中

提取谦卑,

而他母亲教给他的

仁慈与质朴,

让他憎恶一切的奢与伪,

更使他始终沿遵芝诺的旅行,

觉得自己也正走在

前往雅典的中途,

然后渐渐沉入爱琴海,

深而又深,

看身上所有财物远去,

而庆幸自己的精神完足,

毫发无损。

这就够了,够让自己

从此成为一个坚定的斯多葛派,

不再投机与寄望于偶然,

更不以诡辩自炫,

装模作样地刻意冥想,

然后用啰唆的文字

为缘饰自己有多仁慈

而故作热情,侈谈道德。

那充其量不过是

一个讨人厌的饶舌家。

因为这样的自省,

罗素说他根本就是悲怆的人,

在抗拒各种欲望过程中

靠努力才得以平静自己,

才可以继续向往乡村生活,

实际绝无机会去实现它,

相反必会因命运的拨弄

而踏上相反的路,

十九岁被推举为执政官,

然后娶皇帝的女儿,

再自己也成为皇帝,

以恺撒之名

与马科曼尼人相搏杀。

二十年的光阴尽付铁血,

注定他马上的感想

都是前人哲思的沉渣。

他固然可称好学,

但哪里就可以成为哲学皇帝。

看卡比托利欧广场上

吹过的风，爽利而又浪漫，
都写着廉价的真诚，
指向人心在风中的凌乱，
百千万种，
此一刻都愿意倾听他
基于真诚的说话：
我其实从无意于附庸风雅，
也从来厌恶虚假。
我深体柏拉图派的教诲，
所以并没有为自己
留太多的空闲时间，只想着
彻底死去，以告诉你们
任何人都仅仅是一堆血肉，
仅靠着呼吸过完一生。
故写在我死后的至隆之誉，
恰如你生前的一霎之欢，
唯引导人的哲学
才能在宇宙与人心中永驻。

当然，我还不够资格谈论它，
但这不妨碍我始终与理性站在一起，
不以自己的智去求田问舍，
正如远方中国人的缊袍敝衣处其间
而略无艳羡意，为其中有足乐者，
是真不觉得口体之奉不若人，
相反看多了人在葬人后很快离世，

然后另一个人又来葬他

都发生在很短的瞬间。

就这一瞬间，请与我一同了解，

凡属于人的东西

都找不到任何价值。

罢了，就让这一刻的我

依旧骑在高大的马上，

脸上依然有信我的臣民

涂抹的黄金，在闪光。

但我就是允许任何一只鸟

站到我的头上，

以它的遗矢教训我，

说你既没办法

把自己变成你所希望的样子，

过哲学家的人生，

就不要再想留万世名于这个世界。

你的那些功业既已沾满污秽，

就该庆幸它们可遮掩

你殆害人间的事实，

包括许多

长长久久的罪。

一切的未来已刻在废墟

很久以前，
七丘山中央高耸的
帕拉蒂尼山
就已经有人卜居。
那被抛弃在台伯河的
马尔斯之子
随河水流荡至此，
看似偶然，
其实命中注定
要归附于此，
并以此为家。

所以从共和国开始，
贵族富人都好在此置产，
都乐意就此间出生的奥古斯都
问他的帝居，
和信他的妻子莉薇娅
必定也生在这里，
且只可能在这里的
某一个良夜
安顿她温暖的香闺。
其实哪里有什么香闺，
不过是有一个地方

能伤悼她可怜的莺老花残。

很快丘原上的宫殿
随帝国无可挽回的没落
纷纷倾圮崩塌,
然后在中世纪被改造,
再被彻底废弃,
直到文艺复兴时才有人
重估它的价值。
他们用英语和法语
称呼这些宫殿,
虽全用同于它的发音
来夸饰它的辉煌,
却未必认得衮衣绣裳里
它繁华易逝的伤感。

看众神之母赛比利的宫殿
早不复当初奢华富丽的模样。
它后面的提比略宫邸,
连同能俯览罗马广场的
弗拉维宫,虽宏大而辉煌,
被此后数任皇帝扩建修整得
能横跨自己的任期,
能俯瞰日日喧腾的大竞技场,
此刻却与塞维鲁宫殿
一样,似巨石般

怀浩茫的心事，
将同于巨石的难以称量的
岑寂，都付与了
夕阳下的断壁残垣。

伤感是只今
除了留下虚张的名声，
它的功业早已经崩塌。
它的精神也难比坚木石，
相反常遭改篡，
诚是人最痛心疾首的灾难。
但来此的人们并不觉悟
人生就是徒劳，
所谓胜业尤其如此，
正须看它冈上柱石的倒卧
与狼狈枕藉如望秋的白草。
它每条裂缝都透着无聊，
一如龟卜灼开的纹理
示人以必有的颓败，
诚是奥勒留早已注定的终场。

永醉在东方苏萨的婚床

他是马其顿国王腓力的儿子,
注定从小就要在米埃札
听亚里士多德讲《伊利亚特》,
要崇拜阿喀琉斯和赫拉克勒斯。
然而他遗传的终究是母亲
奥林匹娅斯的性格,感性而冲动,
并因为恋母而多思虑,
其实是怕什么都被父王抢先,
而全没了自己的用武之地。

好在十六岁代父行权的他
只花四年就已让希腊各邦臣服。
当击溃底比斯,赦免诗人品达,
他就将那里的邦民悉售为奴,
然后散尽财产,穿越达达尼尔海峡,
渡过沙漠来小亚细亚
访阿蒙-宙斯神殿,挥剑斩断
系在战车车辕上的山茱萸绳结,
坐实了自己终将统治亚洲的神谕,
让所有人齐声称颂他
足够超凡脱俗,是真正
近乎神的英雄,不可一世的大帝。

所以他要去特洛伊

向阿喀琉斯的墓冢致意，

要用油涂满全身，和爱人赫菲斯提翁

裸着身绕坟墓奔跑，再将花堆在上面，

由其能拥有这样的帕特洛克罗斯

而感叹自己死后是否也有人来唱关于他的歌。

所以他必然要东征宿敌波斯，

并打赢伊苏斯战役与高加米拉战役。

他在马其顿方阵中——喊出将士的名字，

从掷石兵到弓箭手，让他们冲向

对方的战车与战象，很快

大流士与阿契美尼德王朝一起被终结了。

当波斯铠甲被送回卫城作雅典娜的祭品，

波利斯王宫中的十万塔兰特财宝

则悉数归他自己。

归他的还有那里的女人，如花似玉，

提醒他这个世界不是只有希腊人开化，

这里的人们其实也不野蛮。

所以他戴波斯的王冠穿米底的锦袍，

要臣民以东方阔绰的仪仗向自己行匍伏礼，

这样他就可以在苏萨办一场

隆重的宴会，并向世人宣告

他虽已有巴克特里亚的罗克珊娜，

仍能再迎娶大流士的女儿斯妲忒拉，

将她的妹妹许给亲爱的赫菲斯提翁。

而他八十个侍卫与一万名将士
也欢天喜地迎来自己的婚礼,
就等他为慑服东方继续转战中亚。
在塞弥拉弥斯的指引下
他很快占领了巴比伦,
然后往东征讨印度,
在各处建以自己名字命名的城,
兵锋所及,真的所向披靡。

然而帝国的主宰再怎么自我封神,
甚至以宙斯之子自居,
终抵不过传染了西尼罗河病毒的蚊子。
很快他倒下了,倒在了
缓缓走过他床榻的士兵面前。
此刻的他只能挣扎着抬头
向他们报以赞许的一瞥,再不能言语,
更不要说像过去那样
与他们彻夜狂欢,歌呼淋漓。
弥留之际,他似乎看到了
婚后猝死的他的赫菲斯提翁,
以及《阿里安远征记》
与《普鲁塔克名人传》中
才三十三岁的自己。
他无法设想
后世拿破仑会这样忌妒恺撒,
而恺撒忌妒的又居然会是自己。

越过女人婆娑的泪眼,
他只希望有人知道,
最该忌妒的不是人,人不算什么,
唯天上的神明才不可企及。

尽是削去鼻子的罗马皇帝

并非所有的呼吸
都愿意脱离肉体，去赴死神的约，
去追逐市集上人们
兴奋的呼喊，然后分辨他们
是不是在叫自己，
以便让自己的魂可以重新凝聚，
以诠释帕加玛的盖伦
关于生缘于气的道理。

看众星之王年复一年地
命天上的十二宫和黑月女神
引众生循各自的命途，
尝许多苦，再由衷地感叹
疾如珀伽索斯马蹄的时光
行过夕阳下的王庭，
和其下每一寸沾血的
荣光照耀的土地。

所以他们努力着想脱出生死，
以一种无可挑剔的形象
睥视俗世与俗人的浅薄躁进。
用额上的纹示人以沉稳，
用打着圈的胡须告诉人

他们很睿智,且理当如此,
有资格被放在这高敞的神庙,
安享人虔诚的顶礼。

不过很快他们都无一例外地
死于叛乱、政变与败战,
或在屈辱中心有不甘地了结自己。
没有隆丧,更不可能期待厚葬,
为其常有匆忙的登基,
和混乱中不得体到苟且的加冕,
而必然速朽,必被人很快
弃之如敝屣。

终究不提防的是自己居然
会被后人割去鼻子,没收了呼吸。
这样当你来到图卢兹的圣雷蒙德,
就难免分不清他们的本尊。
你体恤他们只是干瞪着眼的愤怒,
奈何连退隐的提比略也难逃此劫,
只留下扁而平的沮丧
和大理石般冷冰冰的饮泣。

当最后的余晖沉入海底,
谁感到呼吸正一点点弃自己而去,
谁会化作塞内加所说的头上的空气,
谁还想坐稳了江山,不可一世。

殊不知因你自信能有
永恒属灵的生命，所以就一定会有
阴暗与卑劣来割你的鼻，
没收你可能永在的那一缕呼吸。

且沉醉在中世纪的良辰

谁能想象
你从诗中学到的绮梦,
居然在那个时候
就已被人搬上了锦绣挂毯,
就已见诸那个英俊的后生
唱法语版的野有死麕,
以才捕获的野兔
诱树林外优游的女子,
说这不是聘礼,
天可怜见,只不过是
神无意的馈赠。

你无数次从神像上见识过
这种贞静,她的脸上也有此
带笑而含嗔的表情,
其实是善感而怀春。
所以她劳作后散开的长发,
初无意要人替她梳拢。
她才撤去花簪,打开镜匣,
心心念念,全是为他
能带上花冠,
再替他调弄完羹汤,
歌舞复弄琴。

她感到最长的时间是等他的时间，
而非自己所处的阴郁的世纪。
她想得起自己曾读过《玫瑰传奇》，
那用罗曼语演成的浪漫，
是信有的人不一定属于教会，
有的爱不一定有罪。
故暂弃神前的祷告如礼法的负累，
冬天已归斋戒，
让人尤感春与秋的短促。
唯夏日不可放过，
正须与他共消良辰共谋醉。

成为巴黎之前

原想在
坦布里尼绘制的地图上
寻找腓力-奥古斯都命建的城墙,
没想到居然遇见马上的亨利四世
和他俯视太子广场的
傲迈的目光。

难辨识的是
独木舟上盛开的石器时代的陶艺,
让初识塞纳河的帕里西部落得以安居,
进而高卢人得以兴旺壮实起来,
有自信在烟火嘈杂中打造
自己的城,和仅属于自己的
鲜花着锦的日常。

继续寻觅留存在它左岸
和西岱岛上罗马人的血和醉,
仍升腾着竞技场与温泉浴室的热。
虽浪漫,总无法刻入圣母院,
只得任飞扶壁支起它玫瑰花般的姿
傍精致且深湛的思,
实无愧于上天的眷顾,和赐予它的
光明之城的名号。

鹄候是楼梯口的谷神与战神,
并不知吕讷公爵的尊贵,
但她们都喜欢路易十四的大世纪
和穿着丧服的赛维涅能安住在这里
写千封信发往沙龙外千余个地址。
里面住着洛可可时代的梦,
居然都被移来为各自的愿祈祷。
所不能传达的绝世奢华,
根本无法理解巴士底狱的败亡。

且将视线从雷卡米耶夫人的肖像移开,
移向挣脱了锁链的天使,和她们
以荣耀桂冠护卫的最伟大的《宣言》。
再试着留存从公园舞会到咖啡馆里
每一个男女的拥吻,供史家参详,
看它能不能盖上"美好年代"的戳记。
无奈其人终究不识穆夏,
更别说能与普鲁斯特一同追忆,
所以终究属于行外风流,难期待
能与这座城市一起永世流芳。

在西西里的圣坛上

公元前五世纪的圣坛上
有一头狮子正在撕咬公牛。
它下面有丰产女神
正讲着埃特纳火山堆积出的
这片土地的历史,是真丰饶,
并才见西坎尼人和伊利米人
涂抹第一笔,就引希腊人
将目光从纳克索斯岛投向这里,
只一会儿,又招来
迦太基人的觊觎,
和罗马人不惜通过布匿战争
拥它入怀,要它成为
半岛外自己的第一个行省,
其实是做自己的粮仓。
只是没有想到
尾随而来的拜占庭与穆斯林
还是让它枉费了包山吞海的雄心。
直到罗杰二世的宫廷
再次成为地中海最耀眼的中心,
直到这个中心不仅有
非洲输入的橘子、甘蔗和柠檬,
还有宫廷作坊产的精致的
玻璃、象牙和黄金吊坠,

浮雕、镶嵌画和珐琅马赛克,
更有诗人与科学家来聚,
与后来中世纪最有品位的
弗雷德里克二世皇帝一起,
在巴勒莫宫廷接过
北方巫师斯科特递来的哲思,
使三次登岛的柏拉图
多少实现了自己的理想,
说人不能白天狼吞虎咽,
而晚上又不甘心
一人独眠。
他是那么地希望
人能过一种哲学的生活,
并政治正义和人类幸福
都需要让国王成为哲学家,
或哲学家成为国王。
但终究未能在锡拉丘兹
让哲学摆脱淡出的阴影,
而暴君也不愿意
让自己进升到光明,
其结果正如
阿基米德必枉死于
无知的士兵,
依然是理性所难抗拒的
极惨淡的运命。

登上悬崖上
每一个陶尔米纳阳台,
看山脚下伊奥尼亚海
和它的心形海滩,
古希腊伟大的剧场如锡拉库扎,
至今仍听得到欢呼声在轰响。
再看被品达推许为世间最美的
阿格里真托,其山谷台地
有诸神的居所,每一座都当得起
小雅典的美名,
与切法卢的中世纪街道
共赏诺托的巴洛克风,
和它庭院门饰上仍屈曲盘旋的
奥德修斯与锡克莫的故事,
真不遑多让于美杜莎
与卡拉布里亚女巫的传说,
可以沿卡尔塔吉罗内的
圣玛利亚-德尔蒙特阶梯迤逦而下,
每一级都有故事,
只是都不能确知
里面除有神灵的魔法,
还有没有先哲们心心念念的
理性的清明。
很快岛上的亡灵节降临,
这依然是希腊的传统,
以为人死后有葬礼才有归宿,

那些被剥夺了葬礼的人的魂
游荡在冥界之外，
尤渴望能被人记住。
所以《奥德赛》中埃尔佩诺尔
才恳求奥德修斯送自己
一个葬礼，
以便让灵魂能进入冥界。
其实许多人不知道，
这里的风景也需要呵，
它们需要人记忆的安抚，
才得以归附于一种
庄敬的合目的的宁静。

斯普利特的城基

只有通过四门内
高耸的城墙,才能想象
镶嵌着闪亮马赛克的
它的穹顶如何映象日月,
在收获人惊呼的同时,
让他们知道
什么才是真正的
宏大与壮观。

再看它高处供奉的罗马众神,
绝对数朱庇特最受瞩目。
他统御神域与凡间的英武
让他追比宙斯与奥丁。
后两位虽也不凡,
总输给一种特别的垂青,
似带着某一种神启,
给他以无法言说的力量。

然而不可想象的
正是这个赋予他力量的人,
才引东方波斯的礼仪
入朝堂,虽繁缛而足以震慑
昏聩的元老院和世袭制,

怎么年不满六十,就没征兆地
扔下了他的权杖,
和他脚下风谲云诡的江山。

他当然有他的理由,
只是不免让人听着惊掉下巴:
我愿在萨罗那有一座城,
其中四门十六座塔楼尽可以去管
达尔马提亚海湾吹过的风。
那专属于我的园中的晨昏,
每一个只须伴我,并护我手种的
卷心菜能尽其可能地生长。

看多米努斯教堂门口的石虎石狮
还蹲守原处,分辨着往来行人的身份
是公民,还是臣下。
它们不明白既然那个曾阻止日耳曼人
过多瑙河的皇帝已不过是一灌园叟,
为何广场上还有那么多人信他并候他的旨。
而浑忘他已告诉他们,所谓江山永固
原不过是一场笑谈。

愿海来归我

这里的每一寸土地都在漂移,
都陷在咸水沼泽中,
有人所不能想象的贫瘠。
然自公元五世纪
积下的骄傲,是要它
无需炫耀与拜占庭的渊源。
它自外于东罗马的独立个性
让它更接近于东方希腊
而非拉丁的罗马,
是从骨子里往外透着桀骜,
并不惮做意大利的另类。

所以再用五个世纪
它就控制了克里特岛和塞浦路斯,
主宰了整个地中海的商贸。
中华帝国的茶叶丝绸
和才从中东驼峰上卸下的
珠宝香料,都争着
在里亚尔托桥下寻好主顾,
希望能卖出好价钱,
它都让它们一一如愿。
这让人浑忘它最初由渔盐起家,
是怎样的努力,

才成就了这样强大的海权。

亚得里亚海到爱琴海的
每一次扬波,都将自己设计为
隔离人的屏障,
但那将人连在一起的也是海呵。
所以当这样的时候到来,
以航海为生的他们
奉最富有的海上共和国之名,
自不忘领受它的慷慨,
又谨遵它的教诲:
我所给予的种种不确定不是危险,
是你们必当经历的人生,
这是史家都不会忽视的事实,
唯你们当永世记取。

这样就有了借耶稣升天日,
他们用海婚节向大海示爱,其实是宣示主权。
既然已改用阴性来定义海,
而海确实也需要安抚,就让百余名桨手
驾黄金扮的布奇托罗从丽都港航向她的心深处,
载代表共和国的总督到圣尼科洛教堂,
将教皇赐的戒指投入她的怀抱,
以迎娶她,以示威尼斯与她永不分离。
这样就有了她的浪花涌起,与他们
和着牧师的拉丁语一起高唱:

求你用牛膝草洗我,我就干净得比雪更白。

然后再淋洒圣水共我欢呼雀跃,

为自己和行经海上的所有人

深深地祈福,祷告

威尼斯,你八平方公里漂浮的土地

和四百座桥贯通的百余条水道,浮漾的全是

与罗马帝国和奥斯曼土耳其周旋的智慧。

出生入死,鲸鲵与浪尖上求利,

如此坦荡快意真好过太多皇皇都城,

不尽是靠神护佑自己万年不倒的利基。

再看波罗的海的琥珀被运到了图坦卡蒙的墓室,

蓝色釉陶珠从迈锡尼悄悄抵达巨石阵,

康沃尔的锡才送进黎凡特的炼炉,

马六甲的香料已进贡到法兰西的宫廷。

所以无须惊奇科茨沃尔德的羊毛绝海跨洲,

这么快就由开罗商人交巧手编织成披肩。

当然随之得到播扬的还有武器和奴隶,

但再多的发明都无法媲美

各种奇怪的思想在这里诞生。

以这样热烈的爱意,

所以每个人都纷纷看向你,

而你也慷慨得像人所珍视的样子。

直到这样一个时刻到来:

哥伦布发现了美洲新大陆,

欧亚航线开始改道好望角,
拿破仑的兵
用整整三天时间
将布奇托罗上的金饰
烧回成金币,
再征四百多头骡子驮走它,
而人们就只能
从卡纳莱托的画中
辨认它,
并只记得提香,
而不识有它。

用城堡围起心之语言

公元前一世纪，
为罗马人征服的高卢比利时部族
和卢森堡伯爵造成的它的领地，
是这样靠中世纪修造的城堡，
护卫着这一片王朝龙兴的腹地。

它的历史，和它先后产生的
四个皇帝，都依赖公元三世纪
克内夫山上的要塞，
昼夜不息，警惕地看阿尔泽特河穿过
三道护城墙和数十座城堡，
再从数十公里长的地道上到炮台，
这样才可以听到阿道夫桥下
它深幽绝谷中的莺啼。

所以没有出海口的阿登高原
必须由它守护十世纪积下的历史，
去攀山顶上的菲安登城堡，
让四门的布尔希德也能以城的姿态
俯瞰川原上的河流向再下一个
叫布尔格林斯特的城堡，
让它掩有哥特式和巴洛克风格后，
还能留一份文艺复兴的元素

给维尔茨堡中的女巫塔,
以作成自己抵御四百年外侮的
北方直布罗陀的胜迹。

所以这个十字路口的国家
虽因日耳曼与拉丁文明的交汇
而能开放包容,能乐见多民族杂语共生,
并也擅长各种语言,
明知道自己是法兰克语的一支,
属于高地德语中的中西语族,
并自中世纪起就饱受德语的侵袭,
更多来自拉丁语和法语的冲击,
但还是能发展出这样的自信
将报刊新闻让给德语,
任公务员和外交官以会法语自炫,
而它只执拗地守着自己的日常,
让孩子们一开口就说它,
并以它为认识世界之基。

是什么灌醉了狮心王的守卫

穿越到初获称名的一千年前,
它史前演化的历史,每一刻,
都有沃尔道夫的维纳斯以自己的乳
哺育它,再亲昵地唤它作瓦豪。
它迤逦展开的河谷呵,真妖娆,
尤其右岸的村镇神秘而浪漫,
仍有许多城堡以高厚的墙
小心地护罗马人早已透风的秘密,
正如许多修道院,虽早已废弃,
仍执拗地遵中世纪的信仰,
是最最叫人着迷的它的孤傲。

譬如阿格斯泰恩城堡下
被盗贼拦截的那些商船与美人,
居然仍乐见克雷姆斯河来归,
并那里的中世纪石门虽关闭了
静好的岁月,仍坚持
让自己每一块斜坡
都有葡萄与施皮茨的千桶山一样,
沐浴着诺尼亚气流,然后与大西洋
暖风交迭着传凯尔特人的香
上梅尔克修道院的皇帝台阶,
再让它沿鹦鹉螺楼梯盘旋,

所分予近十万册藏书的，不尽是
特蕾西亚女王所钟情的贵气的鹅黄，
还有唯此间才有它迷人的芬芳。

误事最是杜恩施泰因
和它蓝白相间的圣奥古斯丁修道院，
虽欲永远睁着它不知疲倦的眼，
还是让安茹帝国的狮心王理查
挣脱了奥地利公爵的囚禁，
骑马永伫在威斯敏斯特议会大厦的门口。
想亲率十字军东征的他何其英雄了得，
虽被俘，仍让罗马帝国公主一见倾心，
诚不愧是纵横欧洲的骑士王。
然而坐拥击败萨拉丁的功勋与德望，
还是不足以助他脱身。
直到他母亲派出宫廷歌手一路寻找，
并有一天来到了瓦豪河谷，
让他听到自小听惯的英格兰小调。
直到有这样一个昏庸的牢卒，
恰好在这个时候，等不到夜深人静，
就沉醉于这样不可思议的它的醴醪。

哈布斯堡王朝的胜业

你不会知道，
饱餐后的简蠹是如何
安享俗近的庸福，
并因看到案萤将死
而自大地
抖落起身上的微光，
巡视久不许人打开的
那些缃囊，
是存心要它澌灭，
要它消亡。

然而不知道逝波流景，
心氛世垢换去的是哪个少年，
居然迷上九重雕楼，
以为邺架上的日录家乘
绝胜于椠书轻薄的辞藻。
那种就此作别声色，
心心念念于藏山万卷的痴，
让他将误尽的光阴
悉数交给窗外的明月
和窗下昏黄的孤檠，
这样静下心来读所有的
简牍、墓志与骨签，

连带着赏那些

经折装、龙鳞装与蝴蝶装,

并一切的宝轴朱函,

让他真信了

从来枣梨世业敌百城,

那样的恍对千古,

确能使草堂几席生云烟。

但没奈何,

还是有一种不安抓住了他,

引他向芸窗外

更杳渺难到的金匮石室,

为更多未经眼的书

而气沮,而神伤。

譬如虽知西来贝叶经,

却未曾见识过死海的古卷

和莎草纸上亡灵诅咒的真章。

至于中世纪森严的神权

如何经隐修者的传写,

由装帧师用鸽子代表圣灵,

用鱼象征基督,

再缠绕上葡萄藤以含示圣礼。

这些牛羊皮装背,

宝石与象牙雕刻出封面,

再烫压金箔金线的闪亮福音,

都构成了

来自西而更西方的他的未知,
最彻底地重塑了他的世界。

这样他低眉降心地
穿过智慧女神扛起的门楣,
来到你卡尔六世的王座前。
他心悦诚服地向
马克西米里安和利奥波德们致意,
用同于他们的眼
抚过深红的历史与文学,
以及蓝色的神学与法律,
所感到的透过穹顶的光
令黄色的科学与自然更亮更鲜,
诚为他此生最值得记取的
初体验。

中国皇帝的故事

因为四世纪

马尔塞林对赛里斯国的赞美,

还有希罗多德确认它是

文化与智慧的摇篮,

后来利玛窦关于它地大物博,

连糖都白过欧洲的夸张,

就不再能撼动人心。

然而那里的人是否有风度

还真不好说。

他们知书达理好教养,

是否已实现了柏拉图的理想,

以至说起来都让人愉快,

连同那里的田园

是否如门多萨所说

景色美到发散着异香,

都是人无从知晓的谜。

直到更多传教士

传来远方中国的讯息,包括

基歇尔凭想象写就的《中国图说》,

成了许多人意念中

中国意象的范本。不过倘没有

路易十四拿到来自康熙的赠礼,

中国风的序幕就不会立刻开启,
博韦皇家工厂也不会开始用挂毯
摹状他的出征与出海。
当然,他狩猎归来受臣下觐见的便宴,
和被汤若望、南怀仁激发出的
对天文与历法的兴趣,
包括以后的中国园林、集市与舞蹈,
中国人独有的垂钓与猎鸟的爱好,
也因为华托影响下布歇的设计,
更平添了洛可可的俏丽。

所以凡尔赛宫注定会有
一座晶光闪烁的特列安农瓷宫
赫然安驻在太阳里。
它屋顶蓝白色的瓷砖像落满了雪,
柱檐和外墙都装饰着中国瓷瓶
虽是他送心爱女人的礼物,
然而因为美而特别脆弱,
只十几年就被废弃了,
诚是可叹的素瓷雪色缥沫香
终难抵酒阑后团茶的苦。
不过等到它传到柏林,
再由巴拉班德二世
换装成哥特风的拱门
和近东地毯上喜气的图案,
那略近于三春的九衢光风,

就全罩上了瑞脑的香气。

终于在这样的新千年,
他仿中国皇帝建起的如花春殿
有不输于东方帝国的美,
虽繁缛,仍引来凡尔赛宫一场
以中国皇帝命名的盛宴。
他让八抬大轿送出一个
中国打扮的自己,纡朱曳紫,
和着伊台斯从中国学来的戏曲,
让人想得起暹罗使团呈献的中国杂技,
引得镜厅中一班贵族竞相模仿,
并即使被那些镜和轻软的绸闪了眼,
仍不能想象三十六年前,
也是在这里上演的
中世纪骑士传奇中,
那个着一身宝石红华氅的
英气勃发的少年。

从此巴黎最能拉票的
就是中国的皮影戏,
最繁忙的街尽是中国的软轿
载矫揉造作的女人们,附庸风雅地
拿纨扇掩场面上的笑,
争看情侣约会在路对面的中式凉亭,
为其四面都是共情的花草

宛如中国屏风上的风景细腻,
能助人乘兴再添上椰子、菠萝
和大报恩寺的琉璃塔,
与旋转木马一起安放在
罗钿镶嵌的中国漆柜里。
它的基座通常有龙和孔雀,
以致引来普鲁士国王
在夏洛腾堡宫追仿过后,
再传回来充此间宫廷中的谈资。

就这样很快过尽了七十年
既右文又黩武的豪阔无比的生涯。
回忆是自己让安菲特利特号
开启与广州的通商之旅,
和命白晋去乾清宫教康熙数学,
以及用奎宁救他的命,
起先是因为惺惺相惜,后来证明
都不过是想象,并很快就
褪尽了虚张的声势与排场。
躺下吧,这就躺倒在
墨丘利厅的朕的华床,
可叹朕已不能再起身面对前方
正徐徐升起的太阳。
且将繁华落尽后的感伤交付给
宫中动物园中朕的题词,
就说人生到处,本该童言无忌。

舍农索堡的飨宴

曲巷斜街,
谁能阻止他去结识
朱门里的小桥流水,
如低眉深眸,
总能招晚来盈袖的风,
又总能让人想乘
骄马花骢,囊金十万
去寻绮罗中的维扬明月,
似这般醉入三春,
陶醉于和畅无比的风。

这就须好好看顾她,
盯紧她如花一般的面孔。
他所经过的陌上柳下,
是怎样贪恋着轩窗里她的
细语人不见,
让他无法相信,更难忘
被无数人夸饰的
斗帐香浓,能让谁识得
灯烬里她的午夜梦回,
实际不过是
自己所历经的梦。

梦中的狄安娜与维纳斯
正分列在梅迪西斯长廊两头,
听高台下谢尔河汤汤的流水滋养
百畦月季,共晚香玉发散香氛。
其中有些爬上绣花精美的她的床幔,
胜似芳讯,熏染了床围上
与佛兰德斯挂毯相匹配的徽章。
而床柱上华盖抖落的那些思绪
则越过卡特琳和波迪耶花园,
指向她的贞静,每一分,
都足以装点她沙龙中洋溢的
高雅谈趣的机锋。

然而她依然有
莫里哀笔下女才子所不曾有的
谨慎、谦卑和渊默。
她听伏尔泰、丰特奈尔和贝尔纳丹
谈高乃依的熙德和博须埃的布道,
而帕斯卡信札和拉封丹寓言诗正合符她
纯粹的想象力,亭亭似月,嬿婉如春,
那样的出暗入光而非含羞隐媚,
是远比男儿更端庄守节的时代之魂,
近于埃斯巴夫人的雅致风度,
此刻已悄然从她操持的飨宴起身,
去长廊外弗朗克伊森林躺下,
静赏夕阳下的淡月正朦胧。

困陷在小特里亚农宫

不相信
勒布伦笔下戴草帽
着宽松睡袍的竟是她,
哈布斯堡王朝的小公主,
和法皇路易十六
最宠爱的王后陛下。

因厌倦了凡尔赛宫
和只会玩开锁的无趣丈夫,
她用朗格多克与弗兰德斯的
红白大理石,为自己
凿十二根科林斯圆柱,
所撑起的爱神殿,
终于拉她和属于她的时光
走出伤心,浑忘了
每一个极其无聊的当下。

然周遭颙顸君臣的行礼如仪
无一刻不妨碍她
回到自己向往的希腊。
她退而求其次地
从印度和非洲运来木材
造自己的梦,

再辟出果园、谷仓和蜂房，
看洛可可风的田园风
随马尔河的水
灌溉她臆造的农庄，
同时也滋润了自己
空虚寂寞的生涯。

她终于平静了下来，
从观景阁欣赏
自己养的每一头牛，
以为这剔除了
巴洛克匠气的四季风色
近乎卢梭的自然美，
可以让她自然地接过邻家
献上的新摘玫瑰
去演自己喜欢的剧，
去信自己能将台词说得
珠圆玉润，
然后毫无违和感
就戴上那顶宽檐草帽，
穿上那件同样宽大的
素净的衣衫。

无奈镜子不会骗人，
不认为她就是自己的主人。
因为她每天晨起

都要纠结穿哪种

带皱褶飞边和蕾丝的裙子,

裙摆又如何尽其可能地宽大,

以便让镶嵌的珍珠

能足够的多,

和隐隐绰绰的蝴蝶一起

翻飞于鲜花着锦的

那些轻绸薄纱上。

至于发髻也要高些再高些,

为可以安顿

从热带鸟类到花园牧场的形形色色。

甚至为庆祝

海上争霸的胜利,

而让自己的云发

顶上了法兰西的战船。

更不要说

她一年要买百多条裙子,

脚下要蹬百多双鞋

行过小到不能再小的她的地盘。

她用花工一周的薪水

去点一枝缠花蜡烛,

更以多过一支军队的马车队

送那些碎嘴的贵妇,

根本没想过所有命运的馈赠

早已——标好了价码。

这样她姣好的花面
开始真的令月闭让花惭。
它们不再信她，更不愿见她，
以为即使她临死前的优雅，
也不过是
养尊处优积下的假，
必须与她如花的生命一起
走上她丈夫
亲与设计的断头台，
中止在仍鸟鸣花开的
这个夜晚。

所以要请出女神密涅瓦

遵玛丽亚·特蕾莎大公的御旨,
这里的兰德豪斯宫军械库
有足以武装三万名将士的
盔甲、刀剑和枪炮,满坑满谷。
从步兵的脸甲、颈甲与胸甲,
到重装骑兵的叶子甲与鱼鳞甲,
包括那些刀与剑的寒光
正照着火绳枪、燧发枪
和发火机枪的栓,
是为抵御奥斯曼的蠢动,
至今不怒自威,
仍有着轩昂不凡的器宇。

因为这里是四战之地的格拉茨,
基督徒和伊斯兰教徒战争中
帝国的前哨
和它南向用兵的枢纽,决定了它
必须用几个世纪来积攒实力,
然后让自己能在小心中
生出一份自信来滋养太平,
来从中生出人所艳羡的盛世繁华,
引哈布斯堡家族的皇舆香车永驻,
并腓特烈三世所修建的

那些行宫，都做成了它
灿烂如花的帝都。

所以它要调用俄兹堡的铁矿，
在土耳其攻占欧洲时扮演
重要的防御角色。
它的每一柄剑与每一个头盔
因此都有故事，不仅
外压精致的花纹或镶嵌饰物，
美得足以吸引任何人，
甚至可以打造成束腰的
连衣裙式样赠予法国公主，
不为要她上战场，
仅因为她爱美，就赢得了
米兰工匠出手相助。

看它广场中央庄严的
青铜喷泉被四个少女围绕着，
其实是围绕着
帝国皇帝利奥波德之子，
此地人最尊崇的约翰大公。
他们用民谣唱颂他
对拿破仑作战的伟大功勋，
诚不愧为奥地利的陆军元帅
和阿尔卑斯山之王，
完全胜任帝国执政的候选，

所以他用过的盔甲
必然获神眷顾。

但最后他居然不顾世人非议，
为普萝芙尔甘心放弃了家族特权。
他用六年时间向弗朗茨皇帝
再三恳请，然后带自己的所爱
退隐山林，留所有的时间
给修路造桥建博物馆，
所以这个兰德豪斯宫的门口
就必须有朱庇特
与朱诺的儿子战神玛尔斯，
更必须让分掌智慧和记忆的密涅瓦
做手工业者和艺术家的护法，
直至它成为欧洲的文化之都。

唯骑士才有的雄心

由四根石柱构成的塞瓦斯蒂安朝的圣碑
建在古罗马圣庙的遗址上,从这里看
被瓜达拉马和格雷多斯山环抱的阿维拉,
传说由海格力斯之子所建,
其实是卡斯提尔王国为抵抗摩尔人入侵,
才在卡斯蒂利亚高原和杜罗河支流的岬角上
建成了这座西班牙最高峭险峻的城市。

它九门九十堡和两千多个城堞
逐次展开的数千米城垣,世所罕见,
历近千年仍完整如初地展现着
阿尔丰沙六世调来的骑士们的巧智。
他们修建的工事在基督教王国中
最为坚固,全因为留存了最早在此定居的
凯尔特人的勃勃英气。

后来它跨越四个世纪才完工的
第一座红斑石造成的圣维森特教堂,
因此也具有城堡功能。两个高塔和翼廊祭坛
所呈现的耶稣的一生,
是基督教在此地重获统治的象征。
唱诗班席的银匠风与哥德式混合在一起,
更打造了人所罕见的盛世奇迹。

所以它还想去征服远方的中国，
如果不能是土地，那么是那里的
书画、铜器和瓷器也好。
所以它让道明会假传教与方济会争胜，
以充实圣托马斯修道院的博物馆，
所开出的花灿然同于半岛上的文明，
似新月娟娟，正流光熠熠。

阿拉贡留存下的

用比利牛斯山挂连欧洲,
又隔直布罗陀海峡翘望非洲大陆的
伊比利亚,注定是一块
激动人心的土地。
它沿埃布罗河谷散落的
罗马人遗迹似鬼斧神工,
让顽石悉数变成艺术,
让阿拉贡尽显说不出的矜贵,
让萨拉戈萨的每一座塔楼
因大有来头,不再是荒凉的海陬,
而真正是奇迹迭出的
神垂顾的属地。

直到摩尔人跨海而来,
给它安上了安达卢西亚的名字。
很快他们被赶下了海,
但因为有坚持信仰的莫札拉布人
和归化基督的穆拉迪人,
一种复杂到无法表达的文化
就全留存在这里的建筑。
所以你不会惊讶有阿尔哈菲利亚宫,
它遍植橘树的圣伊莎贝尔中庭
和从伊斯兰教到基督教的

国王大厅,真无愧于
"北方阿尔罕布拉宫"的美誉。

至于它哥特式的肋撑起的每一个拱券,
从马蹄券、奈斯尔券到阿尔摩哈德券上的
华丽精致的木穹顶,每一块
都交错着令人晕眩的藤蔓花纹,
每一堵砖墙都被贴上亮丽的瓷砖,
所开出的菱形的窗似眼,
觑定花园中的水,有的隐约,
有的大方地裸出水道,造成喷泉,
使罗马式、哥特式与穆斯林风交汇一处,
所造成的别样的西班牙,
是穆德哈尔得以恣意演出的
崭新的梦幻世纪。

伊俄的忧郁如水

置身在这里的感觉
一定不会是渴,也不会有
卷地北风吹落雪的寒,
如记忆中的房帐,
帐外有斗大的沙石
卷起胡酋不再戟张的须发,
被吹乱,又流散,
都比不上意念中这样的山梯海航,
衣带当风,虽有些险,
仍让人受一种好奇心驱动,
悄悄地接近它,并梦醒思忖
这是否就是想象中不可能抵达的
海市与蜃楼。

这样就只能再择地卜居在
朱轮累辙的市廛,
看冠盖云荫,间阎闉噎中
放怀风月真余事的里宴与巷饮,
及水浮陆行的八方奇珍,
正轻歌盈盈,够吸引,
易于被误会成浪子的轻浮,
让人隔着轻窄的锦袍,
就知道难向他托自己的心

于每一个良夜，
更无法缓每一种相思，
和每一季堆叠的如约而至的怨
纠结如青丝，一寸寸，
渐渐地爬上了人的
眼角与眉头。

所以她要循君士坦丁大帝的足迹
来新罗马，
来洗十字军东征耶路撒冷的渡头。
所勾连起的黑海、马尔马拉海
与爱琴海的每一段都有化身为牛犊的
伊俄的忧郁，留在拜占庭皇帝
与奥斯曼苏丹城堡，颠沛流离在
博斯普鲁斯海峡，长而深，
幸有少女塔涵养颠簸劳顿的人生，
让她终得以这样的净与静
来洗他的眼与心，剩下的居然
还足够透明如蓝宝石，
能分担那些愁深如海，让人想得起
一切关于水的隐喻，然后慢慢溺毙，
等另一个世纪的征服者
来收拾她称得上是干干净净的
骸骨与灵魂。

第二辑 / 仰众神有光

该如何让亡灵渡过冥河

新王国时期，
智慧之神托特所写的亡灵书，
是这样殷勤地用各种
咒语和祷文，
将人引向追求永生的路。
它们最初被刻在法老的金字塔里，
然后再蔓上陵墓与石棺，
写上莎草纸，说人灵魂中
最重要的生命力
死后全留在坟墓，剩下
可自由出入的个性
同于灵魂，须定期返回肉体，
才能保持生命中的智慧
和荣耀一样无缺，
有其最原初的完整。

然而这种完整仍需随阿努比斯
穿过阿特烈斯山到冥河，
在女神玛特的见证下
通过七道门，
到真理与正义女神之殿
接受诸神的审判。此时那颗心
必须被放上天平秤量，

天平另一端是象征真理与秩序的
鸵鸟的羽毛，看心是否真的
重于它，以便能让
阿米特随时吃掉它，留下
纯洁正直的灵魂可以升登到
东方极乐的芦苇之野，
那个叫雅卢的地方，
有人所艳羡的生活。

每每这样的时候，
就需要请出亡灵书上的颂词
助你在前往杜亚特的路上
躲过各种蛀虫与毒蛇的攻击，
然后再在心上盖一块绿松石做的
甲虫护心符，
上面有自己最虔诚的希望：
你们抱着圭笏的众神
如云一般高高在上。
你们要好生掂量你们的措辞，
肯定我其实乐善好施，
我从未违反道德，亵渎神明。
因此是可以有信心
认定自己的魂灵，
不至于在阿门提特死亡。

看冥世之旅

从来循太阳的轨迹，
从日落开始，将人带到
神也看不见的杳远的地方，
直到穿过死亡之国，
在早晨复活。可叹
能通过冥界杜厄特的人实在太少，
那里有平原、群山，
和从荒漠中穿过的河流，
两边经常可听到
埋伏着的恶鬼在叫死魂灵的名。
这个时候，这样的人
在最终走向大河尽头的山谷，
在太阳神拉的西坠之地，
怎么与奥西里斯一起等待复活。

终归有人记得希腊神话中
也有交宙斯之兄哈迪斯掌管的冥界，
它让希腊人深信自己死后必会来此，
不为受罚，仅为亡灵有一居所，
有可免于堕落到暗无天日的深渊的
塔耳塔洛斯，
那里有死神塔纳托斯率先鹄候着，
等到赫耳墨斯引亡灵坐卡戎的船
渡过冥河。冥界有指向
乐地、地狱与平原三个岔口，
唯愿那些在泪河游荡

且无法进入轮回的亡魂

能忘记苦难与憎恨，最终得以

历地狱之河而同归忘川，

以获得真正的安葬。

犹忆阿兹特克神话中

也有冥界米克特兰和天堂特拉洛坎，

也有死亡之神修洛特尔

引亡魂去往冥界，

去见那象征生命的羽蛇神，

是并一样的匆遽凄惶。

太阳神拉想复活的

太阳神拉在寂寞中
创造的一对兄妹
生下了盖布和努特。
他们俩又生下
奥西里斯、赛特
和伊西斯、奈芙蒂斯
两男两女,
以与父辈相同的方式
怀着爱看对方,
这足以让他们结合在一起,
让伊西斯嫁给了奥西里斯,
让奈芙蒂斯从赛特眼里
看到另一个自己。
然而不幸
在必然中悄悄降临,
奥西里斯误认嫂子
并生下了阿努比斯,
使赛特盛怒中
杀死了他,
将他封箱抛入尼罗河,
并当被伊西斯寻获后
仍不依不饶,
抢走了遗体并分尸,

这使伊西斯悲痛欲绝,
哭声惊动了上天。

于是太阳神拉
遣阿努比斯
将他的碎块拼合起来,
再用浸过树脂的
亚麻布包裹好,
用永生术
催眠他的灵魂,
以等待与肉体再次结合,
这是埃及的第一具木乃伊。
此后来自
厄立特里亚的狒狒
因被认为是智慧之神,
也被制成木乃伊。
为祭祀索贝克,
鳄鱼也同样,
并常被按在人身上,
以象征法老的王权,
又寄望它继续代表
丰饶、生育与战争力,
在中王国时期
享受着地方主神
崇高的地位。

然而他们终究

都未及说出自己的心愿，

这种未说出让他们觉得

这样的心愿几同于不存在。

所以此后除了想要亡灵书，

他们还想要自己说，

更想传话祭司

为自己的木乃伊贴上

奎斯纳的金箔舌头，

以便在被黑夜加深的寂寞中

能随时与居鲁士交谈，

能再次站到阳光下

听上下埃及来传唱

自己的生之歌。

朝向众生的哈托尔

只有在丹德拉,

太阳才被天空神努特娩出。

它的光照在尼罗河上,

那样的粼粼如縠,

在哈托尔脸上逡巡着,

似确认此一刻的她

究竟是妻子,还是女儿。

但她知道自己

虽能兼二者于一身,

更是太阳的眼睛,

并注定要与狮神赛赫美特合体。

何况尼罗河的水柔厚呵,

还注定她必大有爱与爱美,

戴着莲与柳编织的花冠,

佩蛇形手镯与项链,

而不像别的神袛

整天绷一张木讷的侧脸,

根本不想理解

为何她会用石榴汁与啤酒勾兑,

然后以酡红的正脸

充满灵性地朝向人,

给人以深彻的安慰。

这样在每个节日与庆典，
沐浴净身后的人们
就会从神庙中请出她来，
恭敬地献上水果、香料，
然后一起虔诚地仰望她，
求她因此也能这样看自己
正击鼓吹起双头笛，
来应和她擅弄的铃铛。
她的花面盛开于清晨的莲叶，
露未晞而香已远，
已各种示人放下今生的怨，
诚是这俗世无上清凉的法汇。
来吧，我们都遵从你的诲，
这就歌唱，跳舞，
然后醉酒，性爱。
唯我肉体狂欢，
除此不为畅快。
也请你以整张脸继续朝向我们，
永怜载渴载饥的众生；
又将你迎拒荷鲁斯的柔分予我们，
俾众生珍惜行道迟迟的欢会，
而有此永夜不醒的醉。

菲莱岛上的伊西斯

你赫里奥波里斯九柱神,
大地神盖布和天空神努特的女儿,
是这样殷勤地教人收割,脱粒,
成为人竭诚唱颂的生命与生育女神。
你性格完美,所以主人婚姻,
是抱起荷鲁斯的伟大母亲,
有流播于西方的圣母子的不朽仪型。
他们传你是被迫逃至埃及的
伊俄的化身,长着天后一样的脸,
着长衣,以蛇与王座为象征物,
其实你远比赫拉贞烈,
是当丈夫被杀害与肢解,
能让眼泪泛滥成尼罗河洪水的忠贞妻子。
并且这个时候,仍依然坚强地
收集散落在大地上丈夫的尸块,
试着弥缝它们,让已萎落的生命重生。
你的爱因此抚及万类与众生,
是奴隶、罪人和受压迫者天然的同情者,
是因为自身高贵,尤能倾听别人祷告
而成为富人、贵族和统治者最可信赖的朋友,
是坚信一切人世世有其生命
而手持稻穗、莲花或悬铃木,
而双臂张开,站立在太阳三桅船船首接引人,

并因知晓数百万个神与精灵的名与个性，

而必然地成为重生与轮回转世女神，

更是一切亡灵的保护者，

最最法力无边的魔法与医疗女神。

最后，你还必然与爱和美之神哈托尔合体，

是富裕之神、舞蹈之神与音乐之神；

关怀苍生，同情死者，

是母亲与儿童的保护神。

所以，我菲莱，必须世代守护你，

以每一块石的沉厚

与石上每一瓣莲花的清贞

象拟你的风姿与兰仪，

直到做成永不关闭的

你专属的祭祀地。

丽达与天鹅

她是《荷马史诗》中
十七次提到的女人，
美得让任何见过她的人
都为之心动，
并老者也会肃然起敬，
手足无措。
但其实，她是宙斯
特意用来整肃人间的。
所以阿佛洛狄忒诱她
背叛迈锡尼的墨涅拉俄斯，
与帕里斯私奔特洛伊，
再由她眼睁睁地
看着阿喀琉斯杀死赫克托耳。
要说这一切虽都因她而起，
却并非她的本意。
她惊慌无助的背后，
是宙斯忌刻多疑的心。

所以她会于心不忍地
登上城头，看激战中的士兵
如何为自己弃了手中的剑，
瘫倒在地而惊叹不已。
待其庆幸得归，唯一的要求

又居然是能再看她一眼,
然后老泪纵横地
称自己并未虚度人生,而实有
足以骄傲的漫长的十年。
最难得的是特洛伊的长老
面对城邦中男战死女为奴,
仍坚持认为没人能责备这场战争。
谁要她的美发一如长裙飘扬,
谁要她在人群中最娇艳非常,
最重要的是
谁要她通体闪耀着
阿尔戈斯真正不朽的光。

自赫西俄德记录她开始,
人们无数次尝试着复原她
女神不朽的形象,
从圣洁少女到慈爱王后,
从半人半神到淫荡的欲女。
为所到之处
所有人都会拜倒在她的脚下,
眼中再难容别的女人
走过这青铜时代而啧啧称奇。
为什么人们会为她
而血腥杀戮,不休不止,
难道美貌就是正义?
又为什么人类会为了得到

本不属于自己的东西,
而这样毅然决然地走上
通往毁灭的路,
并至今迷途不返,全无悔意?

难道他们不知道
快哉一动大劫旋生的道理。
但此劫既起于宙斯促狭的设计
及其到处留情的天性,也就注定
它必征象世人都难以逃此宿命。
譬如,他也想化身天鹅
去诱惑埃托利亚国的公主,
她天真而多情的母亲。
当廷达瑞俄斯流落到此,
国王接纳了他,将女儿嫁给了他。
但因为得罪了阿佛洛狄忒,
他必遭报复,他的丽达必难逃
宙斯揽她入怀。何况《耶利米书》说
天鹅能通人神,最具灵性,
这可不就注定了丽达会沐浴湖边,
会对这样鲁莽的降临,
报之以不胜娇羞的柔情。

谁都不忍见宙斯的黑蹼
肆无忌惮地摩挲
她雪样白的丰肥的双股。

他伶牙俐齿的喙，不间断地
送出含混不清的谀词，
让她无力抵抗，失去反应。
他吻她润而湿的唇，
又含她修长而软的颈与手。
他扭曲着自己有力的颈
偎向她胸前，时不时地拨弄她
正小鹿乱撞的香脂山，
由着他最后用翼拥自己入怀，
最后产下两双儿女，
其中一双中就有海伦，
这注定了她须目睹无数的血，
为美貌就是灾难
赎最惨烈深重的罪。

先知之地

这里的每一根柱子
和它顶上的每个殉道者,
都看好他体格健壮,
充满青春柔和的力量。
其实那时的他
还慵倦不能自主,
还只懵懂地渴望着夏娃,
所以需要上帝来他身边
伸出手接引他,其实是救他。
他因此难忘这样的感觉,
虽将触而未触,却已然如过电,
已然有神明注入他的灵魂
和他将要到来的理性,
助他开始
更完满丰裕的旅程。

然而正如许多人
并不配有这么好的人生,
他们的一生只能是等,
等天使吹号角
唤他们去接受审判,
去羡慕那些升往天国的人,
虽只是侥幸,似仍可以

目送另一些人在冥神引渡下
过阿克隆河，往各层地狱
去受各种不能忍受的煎熬。
犹忆《马太福音》的教导：
凡你在地上所捆绑的，
在天上也如此。
但凡你在地上所释放的
在天上未必如此。

宽恕之树

因为是忒修斯的儿子,
刚设计了木马计的他
自觉可以向阿伽门农请求
迎回被劫作海伦仆人的
他的祖母,
并有权利撇下所有人,
为助他的父亲,
从特洛伊兴冲冲地
回到希腊。

但命运就是这样
注定要他途经色雷斯
与菲莉斯相爱。
他与她的誓约足以
炙烤她的梦,
让她为维持这份热
而置他于圣物宝盒。
押在盒上的
不仅有万一不回来
才可以打开的嘱咐,
更有她层层叠叠的愿。

河桥送别的风

染醉了整片的扁桃树林。
它们每一株都意识到
正如花开终要别枝,
她的心愿,一如记事簿上
那些日渐漫漶的陈页,
也必然会被他舍弃。
倒是因为愧疚,
他会打开宝盒,
会臆想她如何因为情浓
而恨深,怨重。
是谓所有的誓约注定要
成为诅咒,
尤注定这样的诅咒
是他德莫福恩
永难挣脱的罪。

向晚的天幕
渐露出自己的星眼,
看着她兀自掉入黑洞,
再替众神送她
黯沉于远方有月的天际。
可叹如此星辰,
黯沉何尝能应称
这清风徐来的良夜。
但我既不遇良人,
自难免要怅怅于

这星月交辉的良夜。

我既感觉到生无可恋,

那神赐予我的美

就真的无用,

真必须像这树一样

花果飘零,

直到枝叶萎尽。

树犹含嗔而多情,

一如我欲舍

而终难舍弃的幽愤:

他究竟是因

哪一刻的莫名心悸,

来重寻

我这一生的怦然心惊。

他在这样伤心的河桥

跪下,恸哭,

为何犹未改

英俊潇洒的帅气。

怜惜注定是

你加于我的宿命,

禁不住以树的姿态

紧紧地缠绕你,

又注定是

有爱而尤能宽容的我

再一次纷张的

近于痴的沉迷。
我以这种痴
来慰你曾对于我的稠情，
因此必然会忘掉矜持，
重新燃烧自己。
然而你脸上写满惊惧，
并身体已开始逃离。
你似早预设了我们的终局，
正如这些花
从一开始就被告知
终将灭尽它灼灼的春信，
永别它
曾经依偎的柔枝。

水中看到的你的凋亡

他是河神与水泽女神的儿子，
素来就知道因为美，
自己曾惊吓到赶来接生的侍女。
而圣山上的诸神尤其让他自得，
为他们从来就贪馋美少年，
此刻必会为他起心动念，想入非非。
为此先知提瑞西阿斯要提醒他母亲
打碎所有镜子，以确保他
没办法照见自己。
他留给邻居阿美尼亚斯的
因此就只能是孤傲冷淡的背影。

林中仙女伊可也因为被他拒绝
而很快销尽了容颜。
她留存于山谷的那些声音
让希腊人长久地感喟，并用她的名
指代留心回应一切呼吸与动静的
她的玉音，更让仙女们
以出离的恨向复仇女神涅墨西斯求告，
祈求她能代她们诅咒他冷酷，
这注定了他的一生
都会被爱吞噬，并永难得到
自己所爱的东西。

很快涅墨西斯的诅咒应验了,
林中的仙女吹起漫天的雾,
让鹿引他在森林中迷失了来时路。
他饥渴中遇到一汪泉水,清而甘洌,
神奇呵,那上面竟浮漾着
一张同于自己的玉脸。
他必须俯下身去拥他吻他,
抓他从水中伸向自己的手,
似冥冥中有谁注定此刻就是永恒,
就是隔着水草摇曳的天光,
他必爱上这个印在水中的少年。

看对方一样热切地回应自己,
是最难放下的追慕与被追慕的燃烧,
这让他无法自拔,更莫名癫狂。
他执着地以自己的脸
去贴水中那张如花般俊俏的脸,
直到泉水精灵弗里姬娅因失望
而隐匿,而再探身寻他渐渐消失的
声与影,终于为他的溺毙
而悲痛至死,而无缘再见他躺过的
水边草地,和从那里开出的
清冷幽香的水仙。

从罗马诗人的《变形记》中,
你第一次感到人之爱己

有多么荒唐和危险，但就是做不到
毅然决然地与自己告别，
然后义无反顾地掉臂去走世界，
为它的高山大海，更有浩瀚宇宙中
无限的星播撒出无限的光
照大地上无穷无尽的生灵。
不过多少还是意识到，
较之你将要走的世界，
你走回内心的路更为漫长不易。

这就向一切孤峭的峰
学习高冷无援，说自己
本就无意去接应籍籍无名的丘原；
再告诉一切杳渺幽深的谷，
说自己实与它们一样，
不是自矜深邃，只是自圆自足，
就懒得呼应周遭了，
并懒得照人通常有的心性
去回应环境，为它的无聊
只会让人丧失自我，
并最终迷失自己。

阿卡迪亚的牧神

伯罗奔尼撒半岛上,
莱纳堡和贝祖山以慵懒的眼
掠过的高山河谷,
不知何时,又因为何人,
就成了世界的中心
和人所企羡的世外桃源。

它神使赫尔墨斯留下的余荫
和牧神播撒的浪漫气息,
虽从未受到后世基督徒的祝福,
但也未遭多里安人惊扰,
诚是隔绝了尘嚣的伊甸园,
有它自带光环的宁静与神秘。

看岛上笑绪任克斯贞洁的牧人
整天高歌高宴在这样茂密的森林,
这样与宁芙嬉笑追逐在婉转的笛吹中,
任时光流逝,晨与昏
永无懈怠地更迭与交替,
有人最无心而得的惬意。

这激发了维吉尔舍罗马人的粗犷,
用六行体追配忒奥克里图斯的田园诗。

他感叹世间真有待拯救的少年

和他们无可拯救的爱,虽够真挚,

终将终结于心的残碎,

在凉月晕染成的真孤独中隐匿。

所以阿卡迪亚,你必须是

真牧歌的发源地,又必须让人在自觉

有意识能自主的时候,仍能够

淡然与平然地对待你,

并一旦融入你就不再呼应其他,

实是拥有了评量自己的能力。

你还必须有这样的桑纳扎罗

作十二章诗,每章都以牧歌作结

唱辛切罗不敢表白的爱,

来渲染他离开那不勒斯,是如何

羡此地人的相慕悦与共欢好,

尽管这只会徒增自己的感伤与郁悒。

别再说莎士比亚《李尔王》

从他的吟唱中汲取过灵感,

或查理一世是背诵着它走上断头台。

每个人都终将面对

逃无可逃的被筛选的命运,

所以必能体无人眷顾的自暴自弃。

看生活从它的边缘，执拗地往中心
输送着这样陈腐老套的愿念，
但它依然在但丁的诗中获得新生，
再上彼特拉克的《歌集》，引薄伽丘
十日谈中的口涎津津，全是羡，
其实是困城中犹可想的中国的聊斋志异。

然而每个对生感到厌倦的人
为何都不知道回归自然中的田园。
眼见着牧歌成了反思存在的容器
和探讨身份的诗意术语，
那真正诗意的栖居何在，并它们
在阳光下的影子为何再难寻觅。

所以普桑要画夕阳下宁静的旷野，
和远处晚霞带出的光正安详地照牧羊人
看无主的墓碑，那里刻着
"死神也曾卜居于此"的漫漶的字句，
是要人知道短暂的生虽可畏而仍有可恋，
正同于这女孩黄蓝相配的裙衫。

这就是狄德罗对碑文作的释读，
告诉人从来生命如花，
实有超过任何凄冷之上的欢愉。
这欢愉让后来的歌德掠过死亡之谷，
轻松地说自己也到过这里，

并视它为无上欣乐的圣地。

然而潘诺夫斯基以现代人的知
读碑上让后现代人永无可解的命，
说即使阿卡迪亚这样的地方也存在死。
这类似中世纪的警世格言
为已不可能到来的下一个黄金时代
拉下了厚而黑的幕帘。

平等、自由与爱无一不是人之所欲，
所以必与生命祈望的欢乐拥抱一处。
但人既已疏离了自然，它们也就必然脱开，
必难再应人所托，庇护他的欲望。
所以该承认一切的远遁不是抽离是逃避，
是这个时代最真实的败落的隐喻。

米迦勒之歌

以与神相似为名的是他,
神所指定的
唯一具有天使长头衔的
伟大灵体,是这样
有气度地手持十字架,
有时是剑与秤,
以炽天使的形象
伫立在上帝的座前。
他还有俊美的姿容,
美到让人不能信
诸如阻止亚伯拉罕献祭
和歼灭亚述大军,
居然都是
他一人创下的勋绩。
至于在焚烧的荆棘中
召唤摩西,
在无望的困境中
率希伯来人出埃及,
和在七日战争中
制服撒旦,如此荣耀
更投射到海峡另一边,
司各脱笔下
吟游诗人的玫瑰花窗,

诚无愧为令人动容的

不朽圣迹。

然而所有这一切

都抵不过

他的另一个身份

是替人面对最后的时刻,

替神计数无助的灵魂,

并引渡它们

走向彼岸的审判。

此刻犹太教中

他光明王子的身份,

伊斯兰教中

他体察宇宙的

近于神的职任,

他的翡翠之翼,

番红之发,

和具百千万张脸,

操百千万种语言的

超能力,

都为替人向安拉求赦免

而流泪,

而生出智,

而不眠不休。

这让他的名字

因此又有了

开始与重生的意义。

试从拉斐尔圣米歇尔

与堕落天使中寻找这种意义,

你或许第一次体会

并非所有的天使

都拥有这种超能力的羽翼。

这样才有公元八世纪

来自阿弗朗什小镇的

红衣主教,因托梦,

被他用充满神迹的手指

在脑门上点出一个洞。

潮水退去,大地裸露,

祭司们常来祭拜

落日时

这古罗马的孤岛

和凯尔特人的墓石山,

直至它成为

人人都要赶来朝觐的

圣米歇尔山。

伪经自有真英雄

不是受母亲的唆使,
美而无知的莎乐美不会
向希律王许愿
要施洗约翰的头。
因为这不是她要的东西。
她仅凭宴会上的舞蹈
就可以诱骗对方,
所以最后是刽子手
而不是她,
才是杀戮先知先行的寇仇。

然而年轻寡居的朱迪斯
真是不世出的英雄。
为解亚述军队的围,
她自告奋勇携女仆乔装去诱
敌酋荷洛芬尼斯,
去让他因贪色而放松警惕,
而喝下此生最多的酒,
以至后来那颗
残留着酒气的头颅,
被得胜的犹太人
高张于贝图利亚的城头。

所以世人敬她为英雄，
卡拉瓦乔和波提切利
更视她为自己心中的神，
即使手刃了敌人，
仍不失古典女子的娇柔，
仍这样衣着精致，
步伐轻盈得人中无俦。
直到克里姆特让她
敞开衣襟，眼神妖而魅
如剑光的寒而冷，
以至当人们还在惊讶，
她已然轻松得手。

阿特米西亚不愿她
仅有此狐魅或娇柔，
因为同为女人，她用
女性视角刻画她的强悍，
说她骨子里就是英雄，
她的表情与肢体一样充满力量，
因此才有壮举，才能照见
大卫杀歌利亚不过以勇，
而比不上她以智，
以自己的担当
鼓励所有人都应该有担当，
这样才真有可能为自己
去争那世所稀缺的自由。

那么早就注定了你的命悬一线

你终究不敢直视

米开朗基罗笔下的命运三女神，

那么苍老，似妪而近巫，

哪比得上帕特农神庙山墙上

菲狄亚斯造的神，

和她们宽大灰裙下起伏的

玲珑体态，是这样

流淌着饱满却轻盈的

可爱的生命。

但你不要认为宙斯和忒弥斯的女儿

就一定美丽无比。

作为冥王哈得斯在人间的代理，

她们是《荷马史诗》中的摩伊拉，

共享一只眼与一个耳朵，

其实是告诉人

她们有全部共通的感官，

只不过以复数的形式出现，

并决定人逃无可逃的命运。

然而她们终究还是被赫西俄德

赋予了各自不同的名字，

用杆子丈量丝线分配生命的

拉克西斯代表过去，
将线从卷杆缠到纺锤上的克洛托
代表现在，她在人出世第三天
就开始替人编织，只等心思缜密的
阿特洛波斯剪断生命连线，
将所有人抛向茫茫不到的未来。

更要命的是她们还是
黑夜女神尼克斯的女儿，
有死亡女神克瑞斯与报应女神涅墨西斯
做姊妹，在塞壬的和声中唱人注定要死的歌。
因为唯有死终将获胜，所以爱神
应该被踩在脚下，自己应该去
劝另三个分司岁时的姊妹，
说掌管季节与时间，就是代神燮理了
人间应有的秩序。

所以不是她们，是命运最最神秘，
如阿尔戈斯王必死于他的外孙之手，
忒拜王拉伊俄决挡不住俄狄浦斯弑父娶母，
还有晚年的戈雅循此天意
在曼萨纳雷斯河畔的聋人屋画他的
黑色《阿特洛波斯》。
其中第四个人双手被缚，寓示每个人头上
都悬着命运的锤而不是剑，
既无法摆脱，就必须认命。

死亡就是如此的容易，

是所有不能释怀的人最好的慰藉。

但太多人只是活的行尸，

临了都呼不出干净的灵魂，

或者懦夫一生数死，

注定了无法渡勒忒河走向上的路，

并无法确保灵魂不被玷污，

从而无论寄迹尘世还是踏入幽冥，

都不会被自己热爱的神垂青。

很快大幕落下，希望你能听

荷尔德林如何请她们再赐一个夏和秋，

以便让闭藏的原欲能随天堂的呼吸上升。

假如你真的瞻顾死，就须

对生的肉体敞开你的心；

假如你真要从沉默中开出花，就须

历经坎坷登上这样的山巅，

让这颗心满足于催诗成熟的种种游戏，

然后欢畅地跳舞，嬉戏。

锦灰堆

你已经无数次看过,
自然不惊讶
头骨会被用来
象征死亡。
然而死虽必然到来,
仍常为人遗忘。

所以从来有一些殷勤,
赔足小心,隐晦地
提醒你,须留心看
圆整光亮的柠檬
难免酸涩,然后腐烂,
正如泡沫在钟表或沙漏的
注视下,难免涨破,
蜡烛有光而难免成灰,
以它的余烬四散出烟雾
绕喝空的酒杯,
一如人生同于这琴
所传的音,只于弓弦上
短暂地生息,虽美,
而终究难免于消亡。

这样你就不会再想

蜥蜴与蛇意味着什么，
反而会寻二世纪
拉丁教父德尔图良的提醒：
即便你是凯旋的罗马将军，
仍需小心顾好头上的冠冕。
你不过是同于常人的肉体凡胎，
所以须留一份心
遵那样的圣意，提示你
人死后都会有审判，
都需要有灵魂救赎。
故现世欢好之难依恃
正如这樽盘上的蔬果海鲜
和锦盒里的珍珠螺钿，
还有这些书与信，
无论谁写，都要小心了，
它们都只是提示你
须体认烛火易灭与食物易腐，
器物易损与音讯易断，
人的智识短促如露又如电，
唯有死不请自来，
终结了你所有的希望。

但你仍有希望，
如果能谨记《传道书》中
凡事皆为虚空的叮嘱，
和人生代代无穷，

只大地兀然永存的教训。
一切事上都有你的末日,
正如你才开始,时间
就已陨灭了你的所求。
所以你须谦逊自律,
不要让各种欲
唆使你有各种放纵;
你须以死反照生的华伪,
才能真体会人生太短,
远不如山中轻烟草间露,
然后能平静地
去会教宗、枢机与皇帝,
与他们挽手跳舞,
一起注目出现在那里的
苹果与面包,
在那样的圣餐里,
虽已死而仍能够
得荣耀,得复活。

看灿烂晴空下
普罗旺斯的玫瑰红白相间,
正商量着更热烈的开放。
绕过金盏花、迷迭香,
还有鸢尾花、三色堇
共锦葵与郁金香一同传递着的
是谁的馨香,

又是谁最放不下的
生的欢畅,
留意到此时
有这样一只蝴蝶
悄悄飞过
小秘鲁樱桃和圣约翰草,
停栖在麦穗上,一动不动,
似努力不让随秋而至的
自己的终局,夺走此一刻
正独占群芳的光芒,
并明知道这样想只是空茫,
非常徒劳,
仍独对夕阳
用力地扇自己的翅,
去望杳杳难到的
某个地方,
有许多无法写入诗的
灵魂,正做着
最后的生的舞蹈。

仰众神有光

这就是圣彼得大教堂,
同于风可进雨亦可进的
万神殿所作成的
诸神坦荡的排场,
任每一个灵魂都能
自由出入,都能体会
找回受难十字架的
君士坦丁之母,
和维罗尼卡用纱巾印下的
赴难路上
耶稣圣容的事迹。

然而光有信望爱
并不能弘道于稠人广众,
尤其凡人庸众的忙迫,
真需要让
教皇亚历山大七世跪下,
不理会枢衣下死神
借沙漏流出的时日无多的警示,
而偏由身边女神
以同于大理石的纯白无瑕,
示人以必须仁慈,
必须信正义、真理与智慧;

又真需要让庇护七世
虽被拿破仑监禁与放逐,
仍能以德报怨,
善待被放逐中的他与他母亲,
此刻虽一脸倦容,
还是替包括敌人在内的
所有人祈祷。

看他们的左右,天使正冷静地
主张着忠诚与坚毅。
她们还用剑与盾鼓励人勇敢,
并倾囊撒出成堆的金币
要人能付出,
能认知慷慨尤其应该和容易,
是为了要人体认只有经某种筛选
人才能进入时间和历史。
其实它们是一回事,都是警示,
都在说既然耶稣替人
承担了所有苦难,
那么人所有的罪就只能
尊他信他才能豁免。
人若违背,必不能超拔出
属灵的时间,
甚至不能在时间中占位,
更无论留名青史。

最重要的尤是
他用血重申的信,
需要有大格里高利祭坛上的
圣者展示殉道者的血,
给人以实实在在的激励;
需要辟出惩罚谎言的那个祭坛,
让敢骗圣灵的亚拿尼亚
当场倒毙,
而他的妻子为了替丈夫圆谎
紧接着也如此,
是真的赏罚分明,
足以昭示
真与善的大义。

圣艾米利翁的殉道者

在此之前，
死亡不是他的不幸。
有人关顾，垂青，
像花一样围着他
学习钟情。
因此他的离开，
让许多开放
才彩排了开的形式
就戛然而止。
这像极了每一季阳春
最擅长酿造的
浮世劳生的急景。

然而他依然决绝地
选择离开，
为的是去伴地下的圣髑
履行神圣而崇高的
主的职命。
他用厚重的石棺
堵洛浦都愧其迥雪的
她的腰肢，只一搦，
更厚重的黑则被他借用来
涂抹上天都赞叹的

她的星眸流亮，
是为时刻提醒自己
死亡之美
正在于能让人摆脱
美的蛊惑，并唯有情
才是人
逃无可逃的宿命。

被迎回的列日人的神祇

看阿登高地上
横跨默兹河两岸的骄傲城市,
尤贝威驻节的北方雅典
分明记得自己是
法兰克王国出生的土地。
自己长达八个世纪
独立公国所积聚的意志,
是要瓦隆人养成
独特的性格,
喜欢嘲弄,更能坚强,
并与生俱来爱反抗,
尤难面对
一切的不公与不义。

灌进列日人血脉,
再扩充至整个欧洲心脏的
正是这种性格。
它激发每一寸动荡中的土地
都能诞育花朵,每一朵
都依傍这里的河流森林,
够传奇,洋溢着近似法兰西
却更加激进的气质,
是大仲马指认的丢失的法国一隅,

抑或米什莱说的小巴黎?
其实它无意炫耀
自己能随意打开欧洲的门户,
它四只雄狮支撑起的佩龙喷泉
只愿象征这种反抗
沿布艾伦山的数百级台阶上升,
是要向天下人昭告,
作为罗马化凯尔特人
和法兰克人的后裔,
他们原本最懂得珍惜它,
为它最符合
市民自治的要义。

所以他们要迎回光明的晨星路西法,
殷勤地留他的黑发碧眼
和只维纳斯能与之争美的伟岸英俊
来这里升座。
他是那么的威重庄严,举止得体,
智慧与魅力并存,所以
无愧为上帝任命的天国守护者,
周身环熠熠生辉的火,
其实是玛瑙、钻石和祖母绿,
在创世的第三天,
信步在伊甸园,遥望更远方的天际。
他确信自己是上帝之子,
该与耶稣一起分享上帝的荣耀,

但事实是他被冷落了，
而他的骄傲让他不能容忍冷落，
所以天庭之北，就有了他手下
高高举起的反旗。
用剑和盾，他们互相攻击，
用火和雷，他们不惜灼伤自己，
用言语和目光，
他们互相挑衅，鏖战三天。
浑沌中的九个晨昏，
他终于倒下了。
人人嫌恶的堕落天使，
就这样不复有
往昔赫赫扬扬的威仪。

然列日人偏敬他被冻在地狱中心，
虽万劫不复而仍郁勃着
宁为地狱王不为天堂奴的豪气。
他敢承认自己就是撒旦，
并因为笑傲上帝所造的一切新人类
而夺地复仇，而化为蛇入伊甸园
诱夏娃，再用她诱了亚当，
终使许多的罪、病和死与他一起，
并像他一样受尽磨难，
做派够硬，犹对得起
他过去掷地有声的令名。

都说他是因傲慢而心生妒忌，
其实无人知道过分宠爱这些新造人类
才更让他绝望和厌弃。
他们既脆弱又容易被诱惑，
根本不配受神的垂顾，
所以上帝的公正就应该受到质疑。
这样，他就不愿再与那些
任牛虻与黄蜂叮蜇的懦弱天使为伍，
不愿一味听命于任何外在的指令，
开始思考去找自己的存在意义。
而这，正是列日人所要的努力做自己，
百分百地实现自己的意志。
所以他们能以翘首倾耳的虔诚来敬他，
捕捉他虽微弱而未绝的声音：
我不愿做无条件服从上帝的天使，
更愿用反叛造成新的天国秩序；
我张大光明与正义，
足为人渴望新知识的引领，
更要人懂得任何的权威
都须面对根本性的质疑。
这就是列日人心目中的路西法，
虽复杂多面，却绝非恶魔，
是这样值得人
珍藏与尊敬的神祇。

此刻面对再次被迎回圣保罗教堂，

从天上坠落被打掉冠冕的你，
左手拿着树形徽标水晶球，
仍拉蝙蝠的翅护自己的形，
然而终因被污名化而头生角，
脚盘蛇，趾如爪，
带这么多兽性标记的你，
虽手脚都被套上锁链，
背上众多的失败，
又顶着邪恶精灵的名，
浑不似安住于此的
圣徒彼得、保罗和休伯特，
但列日人仍想得起
你原来英俊安详的模样，
虽然不能示人以坠落后的痛苦，
又不能提醒人凡事要适度，
更要顺从，
你被换成今天的样子，
并脚下有折断的权杖
和咬过的苹果在提示你的罪，
但他们仍会去找你的同道：
譬如古希腊的普罗米修斯，
诺斯替教派的索菲亚，
伊拉克教派的孔雀天使，
玛雅人的羽蛇神，
还有古埃及的努特。
它们是否也像你一样身后拖着

天上三分之一的星辰
高唱坦荡朗亮的歌：
我要升到云霄上
与至高者等列。
我要坐在北方之极处，
凌驾上帝手下的众神。
我愿领受七宗罪的责罚
陨落到大荒之地，
但即便其深而至深，
仍会有人觉得我够圣洁，
并给我以
包含着理解的敬礼。

盛满圣杯的教训

公元六世纪,流传于欧洲的
亚瑟王的传奇,
要再过六个世纪才能家喻户晓。
然而自从拔出那柄石中剑
随阿瓦隆仙岛来的仙女
远遁,隐匿,他一生的刚狠贪婪,
全因他抵抗了罗马人暴政
与盎格鲁-撒克逊人的入侵
而不再被人提起。

其实他成就勋业后的欲望
早已向另一宗盛事转移。
他开始惦记圣杯,虽只初识
它发出的光无比绚烂,
终究没看清楚。所以要他麾下
患难与共的圆桌骑士
都离开都城卡梅洛去寻找。
即使有身畔乏人的寂寞,
但为它能带给自己的好运,
仍觉得值得
让自己的皇后桂妮维亚
独对这冷冷清清的王庭。

然而最早出现在伯莱斯王宫的
纯金的圣杯
最能照见人心,
也最能分辨这世间善恶。
它的要求是只有坚信上帝的人,
并内心纯洁无比,
才能看见与得到它,
这注定了一百五十名骑士
虽个个觊觎圆桌中
那个至高荣耀的座位,
包括最英勇的湖上骑士郎斯乐,
虽遭遇重重艰难险阻,
不是因为懦弱,更非不够勇敢,
仅因为缺乏仁爱,不懂节制
而有了不可饶恕的罪,
而无功而返,甚至有去无回,
终究都只能
与这样的圣杯无缘。

最后能亲眼见到它的
是最世俗的勃斯和最单纯的帕西法,
然而他们都比不过加拉哈德,
并非因为他是王的侄子,
完美骑士兰斯洛特之子,
也并非因为其父在持盾骑士中最文雅,
在跨马骑士中最敢爱而能爱,

又是那样的无惧强敌,所向披靡。

而仅因为他的纯洁,

才让他能捧起它,并得到它显身教化。

他因常用圣杯助人而被拥立为王,

更因圣杯已带给他的幸福

而不愿再留在这俗世。

这样才有了亚利马太人约瑟

伴天使降临带走了他,

让他灵魂得到救赎,

得以离开肉体去海边

坐上那条早已等候着他的船。

在他离开时,许多人看到

有一只手从天上垂下来

取走了圣杯。

犹忆那场歌酒淋漓的愉快的聚会,

雷电过后云层曾透出一缕光

照圣杯在空中巡游,然后消失,

居然让人从此信它就是有力量

让病者康复,饮者永生,

让荒地变成沃土,弱国强盛到

能凌驾于万国之上。

然而因为那场最后的晚餐,

耶稣为赦世人的罪,

以自己立约的血与十二门徒同饮,

这杯正被约翰用来接那些

看看殆尽的血,
他第一圣杯护卫的使命
因此至高至洁,岂是亚瑟王
所能染指,而只能交给
加拉哈德和他的纯洁无瑕,
以与那张代表了
平等、自由和尊重的
圆桌相配。

自十二世纪圣杯故事占据了
充满野心又附庸风雅的法国宫廷,
到一个世纪后勃艮第诗人
将它首次纳入王的传奇,目送它
由诺曼时期过渡到又一个世纪,
让《高文爵士与绿衣骑士》
以两千五百多行优美的头韵体诗
传理想的骑士制度,
和再下一个世纪托马斯·马洛礼
对《亚瑟王之死》更神乎其神的敷说,
说他如何率凯尔特人
历十二战在巴顿山一举击溃敌军,
将入侵者驱逐出不列颠的土地。
然而对往昔业绩的缅怀
不足以掩饰他的私德不修,
反证明了他所谓的坚忍忠勇
许多出自夸张,其实夸不夸张

都不重要,因为相较圆桌骑士们
为寻找圣杯而折伤大半,
又为嫉妒猜忌而纷起内讧,
还有人认真想过吗,为什么
有了圣的世界的引领,
已经在俗世遂愿的加拉哈德
最终会选择远离?

朝向心深处的繁星之野

世界的尽头
同于梵蒂冈与耶路撒冷的圣城。
因有被希律王处决的雅各
随船从东地中海一路漂摇到
伊比利亚的加利西亚,
才使这里的圣地亚哥德孔博拉
获得了繁星之野的令名。

从法国延伸出的小路,蜿蜒,
逐次降到比利牛斯山,
再抵达大西洋岸边整八百公里,
从此每年都有无数人,
虔诚地与背十字架的苦行者一起
隔着渺远的世代,来这里,
越过了人与神的分际。

道途艰难而孤寂,
幸一路有贝壳标记导引相伴。
你或以为雅各出身渔夫,
很少有人见到那船沉没时,
那一些扇贝
如何艰难地助他登岸,
以致让他有一睡八百年的安宁。

直到隐士佩拉约循着光找到了他,
就此划出这条走近他的路。
有人看过修道士的《克利克斯特手稿》,
很熟悉走这条路的流程,
很熟悉佩拉约见到的星光,
并真信但丁说只要看这里一眼,
就已然是朝觐。

看无原罪广场上那些
刚抵达的年轻人,正载歌载舞,
眼与手紧连在一起。
都说苦乐皆同匆匆的过场,
尝了就不会在意。
唯他们原本不识真苦乐,
所以雅各慈悲,任他们歌呼淋漓。

当我尚不识自己的归宿,
就知道行旅必有更新意志的神力。
及我为展开生而颠仆道途,
还远谈不到及时行乐,
岁月不等我在那样的终点
重建好身份,已然果决地
背着我堂堂驰离。

人生寄迹于喧嚣的尘世,
本就该哀叹与创造者隔在霄壤。

唯另一种自我隔绝的苦
犹胜于灵魂的彼此隔绝，使人只好
永远流徙在路上，期待着
另一个人能相认，并不知他正狼狈，
犹不输于自己的困闭。

所以终究不可能有那样的安息之地，
也别再跟我说什么栖居的诗意，
别让我走这样的朝圣之路，
令我无任何德能而犹自欺人与自欺。
我叹老多乏力正如少难闲豫，
但好歹众生结局相同，
也就在心里放下了这起点上的差异。

第三辑 / 致远方至大的风景

日耳曼大街上的狄德罗

因不享有伏尔泰生前的荣耀
和卢梭死后的影响,
他特别容易被整条街上的人遗忘。
然而在他度过的
每一个琐碎清贫的日常,
将每一件事
都置于理性天平的坚持,
使他虽隐身于时代背后,
依然哀矜于许多人正失去
沛盛的想象力,
并情感也悄无声息地死亡。

所以他相信,
即使再激情而匆忙的选择
也好过不作选择,
即使被人讥讽为感觉主义
也好过刻板的神教至上。
这样来看他能
先达尔文畅想物竞天择,
先弗洛伊德揭出恋母情结,
甚至先于那只叫多利的绵羊
预见基因改造的伟大,
就能相信这个世界,

就是有这样的人
能一骑绝尘，冲冒着风寒，
孤绝于万万人之上。

万物未尽完美，
可见上帝绝非万能。
未知无穷无尽，
决定了人生无可回避。
所以从别针到甲胄，
从强胶到封漆，
从镀银术到矾鞣业，
从羊皮纸制造到泥瓦工程，
人所未知的一切
都成了他晨昏相继的胜业。
你看了畏其繁杂，
他只觉得可归于一道，
即都与光有关，
都在说光的职命
在驱逐黑暗，并只在驱逐，
再无其他。

谁言劳生漫漫，
很快死神降临。
街上马龙车水，
世上独缺知音。
犹忆临终寄语，

要儿挟思论心。
若真归向哲学，
首要杜绝轻信。
奈何匆匆过客，
无人细思反省。
令我孤独百年，
尤悲古胜于今。

第戎的街巷

我走过的街巷

之所以比你们想象的

要古老,不是因为

它桁架上有裂纹,

能绽放

穹顶下的岁月之魅,

无与伦比。

而仅因为它暗示着某些

不同性质的词,

够纷纭,

能给赋予它肌理的风命名。

至于那些雨的线条

应该是被神遗漏了,

穿过堞楼与檐廊,

都去装饰了她的云发,

增它的黑与油亮,

并丝丝缕缕,

尽其可能地延展,

似暗示可选用"太古"一词

来摹状她的眼睛,

再选用"冲淡"一词

来解释她的静定,

以便一种

不可名状的幽眚
落到巷尾最后的瓦罐，
共杂花开出
古淡的香，虽久远
而仍可以复述，
仍可以追寻。

波尔多的三色堇

因常在意念中穿桃度竹,
我根本不知道樵斤汲瓮的老翁
究竟如何羡鱼沽酒,
又如何让一种醉分自己的心,
共销波尔多这属神的
好天良夜。

我当然也不知道
篱架上那些三色堇,每一朵
正深盟密诉着
谁的恩怨,凄凄惨惨,
似分幽怀于谁家的庭院人近,
又欲与谁诉天边风轻,
和它所挟的云上的声悄。

最惭愧的是我还不识
夜半萤聚处那些闪着光的
蔬菜的名字,和曾经厨下手办
与堂上臆造的它每一种
滋味,如松上甘露,
居然能抵十生尘缘,怎么就
化去了她枕上的清泪,
似从未被识读的雨的吟唱。

所以我不想知道
加龙河和多尔多涅河外
你们所说的那个世界，
只信晚霭残晖中闲成就的忙
和无机心成就的贵
是一种暗示，能告诉愁来如你
一如仙去似我，能让种种心绪
都付于交易所广场
那无法言状的秋白与月黄。

从圣艾米利翁远眺葡萄园

将鼻子凑近

这里的每一个巷口,

罗马人酝酿的香氛

是不是已挟大西洋的风,

温柔地带你到了阳光下

每一畦田垄整然的葡萄园。

你自然想用嘴说说

停在你舌尖上的它的甜与醇,

它的单宁结构稳固,

余味尤其柔滑。

但这块土地超有粘性,

且多钙而梗正,

偏要你先调用自己的知来吟

奥索尼厄斯的赞美诗。

然而时光匆匆越千年,

其实不止千年,不止是你

忘了这位拉丁诗人

芬芳的勋名。

因此他所唱颂的

成熟的红水果香味,

混合着橡木烘焙出的

奇特的甘冽,

在梅洛、品丽珠与赤霞珠

或白马、欧颂与翠柏外,
不屑理会
马尔贝克老派的提醒,
和佳美娜异国情调的炫示,
原是因为与布列塔尼
南下的传教士一样
受过神启,
有不敢轻啜一口的
米歇尔·罗兰的玄秘。

行醉在圣保罗·德旺斯

我对这里的一切都很熟悉。
你觉得不可思议,
我却没办法向你说明。
就请回到过去,试着去
感觉她脸颊上挂着的
艺术的标识,
很近于晴空与朗月,
更浩荡似天上行过的流霞。

晴空下的松桂,
朗月下画了一地的夜的清辉,
许她的星眸抚过
不可抚触的她的玉臂,
圆润,而仍有光,
似琼枝,就是琼枝,
其实还是无法企及的
她绰约的美在摇荡。

可惜你从未梦到过缪斯,
自然于她不熟。
你看她在那里舒展
为风露沾湿的想象,
将它们挂起来,再晾干,

注定会怯于应接，

并只好转过身去，陷落在

这片烟火染指的仙乡。

从圣米歇尔山拟想壮观

经常只是旁观,

但没有谁能真的汇入你,

并像你那样

用喙收集周遭的惊呼,

然后抖落羽毛上

每一个由衷的惊叹,

任它们化为

可教人舣江渚促归棹的

果决的放弃。

但事实是

有些壮观仅仅是靠落差。

它的上面未必有多少

好空气,而下面

污浊的世氛如流沙积膝,

足以掩没或窒息人,

让人摆不开意念中的执迷,

竟至于不能腾身而上,

像它,并能以

它的一掠而过装点天,

而提示一种

永恒浩荡的生机。

在尼斯醒来的早晨

为何
风侵兼以岚拥,
被那些窗户耽误的
每一次日出,
和隐匿在它重帘后的
每一声鸟鸣
都不成句,
仍能慰一切的浮生
及其狼狈到
十足可怜的奔走。

为何
浮云流过滩月,太超过的美
让人止不住叹花的凋零,
似预告生年难到百
和白石苍苔染高阡,
虽能食息,但多了去的
总是留滞的行客,
一遍遍误听挟雨的市声,
偏放过了它
隔着海色的温柔。

所以

我总是让兰肴佐以桂酒,
让松影撩起春梦,
虽蓬瀛路远,仍止不住
夜九回而神游。
我笑书生活计总无趣,
然后在颓然中释然,
真就放过了往圣与绝学,
只顾念明镜中的自己,
怜惜那朱颜改换的衰容。

所以
我走过每一个地方,
都会留一个用以内视的窗口,
既因倦暑,也为惊秋,
更为深体那种难得的
醉中乐与物外求,
是如何引人剪雨裁霞,
并回光内鉴,
任由春深不觉,
片刻白头。

落在秋叶上的伦敦

可以先遣
躺在秋叶上的风,
去打听
贝克街的陈旧秘辛。
也不妨再穿过
皮卡迪尔广场,往摄政街
就古奇们的牌价
问息寻消。
因为它们也各有隐私,
且能深深地嵌入
每一场下午茶,
供无聊的人闷破愁销。
然而你终究属意于
诺丁山独有的孤绝绰俏,
并特别乐意看到它
波西米亚的另类气息能留驻于
市集的每一件古董,
间或拐弯,
经停在查令十字街的硬皮书里,
让几个素心人暗自心动,叫好。
只是太过可惜,
金融街的晚钟已经敲响,
召引着风归静,鸟归巢,

直至牵拉失落的你
不得不踅入
肉铺街与蜂蜜街，
心有不甘地把整一条爱之巷，
留给了无欢失爱的
可怜人的嚣扰。

威斯敏斯特的夕阳嘱托

我本就适合在黄昏
穿过这个帝国老大的街道,
成为它隐在的
脑记忆中的褶皱。
我无法滤干
其中黄金与白银的成色,
看它们把自己
交给银行,再按上保险,
用期货的方式
去想象越过千年穹顶的
剧院魅影,
里面闪烁的尽是
行过金丝雀码头的
男男女女,
却忍不住感叹
他们中有的人虽努力想追配
维多利亚时代的休气与荣光,
但其实注定只是
这光的阴影,
并已不可能再折射它
日初升时的晓妆。

温德拉什河上的碎金

晴空下，
所有蜜色石块都不需要灰泥与砂浆
就能干垒成墙，并无遗漏地
将散落在科茨沃尔德丘原上的风
拢聚起来，让它们挣脱时间的算计，
在蒸腾着阳光的午后抚清浅的水
过涵影淡荡的茅舍，然后流漾，再化开，
送水边每一丛烟葭与露苇，
去结识和自己一样从未被修剪的花草。

此时的你
就须拨开贴水的柳寻每座桥下的草莓莲。
它们所停蓄的宿霞与栖云的声箫
虽最后都归流于泰晤士河的纷闹，
但那种纷闹太无趣，并没有这里野凫们
纷纷效仙人的坐骑，正衔草，
是才回头浴破碧水，已牵动一串荇藻，
引一长串童稚清朗的笑，
纷纷争抢这一河参差碎乱的金屑。

由旦至夕的
是谁也无法留驻的太古如水的年光。
与之难较深浅的相思更无尽，

虽历千年，仍让人感叹一直纠缠自己的
心思实浅，而舍自己远去的牢愁实深，
都在说你最不该有纤裳玉立的绮想，
为它纵然有也与你无份，更别说曾经过你眼
而你不能识，所以你就别再奢望能与它
共度诗一般的昏晓。

很快落叶啼桨，
夕阳下波明香远，和轻装照水中
等闲变换的白云苍狗，让人最难猜
有多少风荷可充她的蒻笠，又几处雨芰
能缉蓑衣，让你在消黯中懂
真正的礼貌是能克己，像这里的风景
不张扬，虽永日无言而并不消极，
更非岑寂，只是专注于自己的开放，
让你在专注它的专注中变老。

愿这样困陷在韦斯特盖特花园

暝色中
烟葭露苇与新涨的
春水,照涵影淡荡处
映月的朱楼,
所不曾见过的明妍风景
自亲人,自然地
就让人前度的欢醉,
顿失了逋客
拍案放狂的吟兴。

此时你就应该
来坎特伯雷,寻它菰蒲下
零乱秋声的绮梦,
不似鹤汀中那种毛羽整肃,
似也有凫渚
依远山的体势而萦回,
而才凝烟光,断云树,
只剩下夹岸的浮沤,
来搅乱阳光下
晴霞静定的倒影。

风迎雨送的
是无法留驻的乔叟的才思,

和马洛纵情于冈峦溪谷的年光。

而与之难较深浅的

其实是另一种归恨未解，

让人难独对新愁又生，

并寒蛩四壁，

纵交睫也不能安眠，

只想那似带啼妆的嫩脸

当案落下，辟出你

此生难到出世的诗境。

看夕阳下

斯托尔河柔橹交织的她的晚唱，

是惊散寒云的前尘往事，

要人数酒痕中的泪痕

有多少可醒宿醉于香霭雕盘，

又有多少可引曼舞于烛焰银台，

可以让一个个

困陷在天涯的孤帏与思枕

渐隐没在永日无言的岑寂中，

然后顾影嗟叹，兀自伤悼

旧时的清纤玉骨

和新织的罗衣香尽。

泥盆纪的青肤

在温暖的古生代，
只裸蕨见到过它频繁的造访，
不用花，甚至不派发种子，
仅将心思告诉孢子，
就织成了苏格兰绿毿毿的地衣。

它秉持的低调
是要它努力用维管束贮雨水，
然后吐干净的空气予人，
并谦卑地代阳光
归还沼泽所赊欠的土地。

偶来山中的访客
开始妒那支独享山野的风笛，
但那片青可入帘的草甸只知道
不动声色地茁长，
何曾管那种落花满径的欢喜。

更被忽视的是它绿上城堡的
若无其事，其实是不动声色的延请，
每一刻都在区分谁能共自己
度无尽的长日，还有氤氲浑沌里
那一襟空山的静谧。

似多幽僻，更入深情，

石不能无苔，正如人终应有癖。

所以它卑微到尽可能地贴近泥土，

不去想究竟有几个人

能读懂它莽原亘古的雅意。

在台伯河上

在奥斯蒂亚注入
第勒尼安海的台伯河，
有沉积物如雪。
它荡开的波比薄绸更薄，
一层层，浑不用力，
有星空下浮漾的
浩荡岁月的激情。

因为这样纯净的光亮，
它引来了拉丁语
赠它以洁白无瑕的令名。
然而伊特鲁里亚国王也来此，
后来又溺毙于此，
使它意外有了提比利斯
这个更为流行的新名。

它河东岸的广场热闹，
有最早形成的市集。
有萨宾人与拉丁人联手
对付希腊人所造成的
廛肆繁华，是交横在阳光下
美过黄金的风景，
宛如盛世罗马的清平。

看西塞罗《罗马史》详述的
它抵御邻国的历史，
和维吉尔《埃涅阿斯纪》
所称道的它经天纬地的神力，
都化为浅而静的潺湲
以慰人孤单寂寞的飘零，
居然还有这样多情而专注的唱吟。

然它就是有自己的主神，
而无须向希腊借各种通灵的神明。
它会因为恺撒的死而悲伤地
掀整个河床，翻腾着，
以接纳勇士的骨灰，
能救拉西尔维娅的双胞胎，
原本就不值得惊奇。

看河岸边的人们
永念它赐予自己的丰饶。
它连通地中海的殷勤，
似邀访，扩张了如花的城市。
所以必须有人在每年的
台伯纳里亚节，张灯结彩，
为它披上最闪亮的围巾。

欲起声色醉

我把许多时光
都投在科莫湖陌生的角落,
可遇到的总是自己,
这多少证明了世界的无趣,
才使许多人积习成性,
陪每天升起的太阳
在规定的时地,
照原样慵懒地坐起。

然而它落在
月地花阶的每一次呼吸,
和每一根颤柔枝条递出的
如簧莺舌,能唱不同的夜,
引不同的人玉山倾颓,
教我不能无视,
并未歌先咽,不得不承认
它渺渺不到的某个去处,
或许真住着
另一个我能专赏幽独,
并能以这样的眼,
认真地打量骄傲的自己。

正如需要有某种特别的知,

才能够辨识

从这个尖顶跳上另一个尖顶的

究竟是什么神灵。

映入眼帘的百轴睛眉，

又怎么就能送

密织于澄湖的雨脚，轻盈，

并百十万千次地

以薄艳和浅丽与人照面。

然而它们的本意，

它们自己都不一定知晓。

所以，只有寄希望于

闲卷孤怀的你，

在云舒鹤睡的某个时刻

来此细细分剖，

向它们一一开启。

就是有神驻足

不能自主地
循此间第勒尼安海的风
来到这神选中的地方。
你萨莱诺湾的天上图画悬日月,
与浸透着琉璃的水中楼阁,
在夕照下与远山暮霭一起
缥缈着,似在寻
能摇荡浮生的绿发仙人,
着丹衣,扬紫袂,
斑斓如才下天机的云锦,
又轻盈得像横卧海市的鲛绡,
都不是传说,是真有神灵
在山谷与海岬的交错中,
滑过每个柠檬,
分出自己的光,
伴天竺葵一同绽放。

这就从萨列诺开始,
沿拉维罗巡礼你依山傍水的
每一栋建筑,都贮满了
米诺利贵族开馆设邸的得意。
它们足以比配波西塔诺
与热那亚、威尼斯、比萨

一较高下的野心，
但后来都匍匐在升天圣母像下，
看似畏服神明，
其实全是对自然的礼敬。
尤其美而惠的女神帕西提亚
在此地的停留，似恩赐，
让人感叹唯她能唤醒熟睡的
修普诺斯。其实他的苏醒
并非为她，而仅为她
将要去的阿马尔菲海岸。

这就去阿马尔菲海岸

只须用眼而不必用想
我就能确认,
必须去掉所有的形容词
才可以与人说它。
但事实是
许多人听后并不怎么明白,
这让我多少感到沮丧。

我固然知道语言
对应的只能是物之表与粗,
但自己既感受深刻,
言说水平一流,
仍不能传其神于万一,
这委实令我懊恼,
并真的羞愧难当。

正如花本绽放在爱花人之先,
太阳是远早于混沌的天眼初开。
迟来的人应懂得缄默,
在欣赏中涵养敬畏,
为你原本是鲁莽的误入者,
那仙境中优游忘年的松乔
又何尝涉足过你的日常。

所以我只能这样说
它那不勒斯海湾环抱的大美，
其实不是让人心颤的波西塔诺，
是被逼到悬崖边的
人生苦短在召唤你，而你
却偏要效它这里的云
随海上的风游荡。

试着在卡布里看海

这里的每个人
都努力着学习放松,
以便能让自己的心飞起来,
与敞篷车上的女孩一起
去追逐风,去为自己
不明所以的兴奋
而奔跑,而嬉闹。

这里每个这样奔跑嬉闹的人
经过路边的教堂,
都未留意有同于自己的人
在试演婚礼,
在教同伴学做新娘,
而这新娘也与车上的女孩一样
正莫名兴奋,不知道
此刻须在神面前安静下来,
然后庄敬,然后微笑。

以至于这里的风
也努力着保持贞静,
只在海面上刻下最深的波纹,
以证明自己也来过,
此刻不过另有重要的约

才转去别处吹花作雨。

为此，它只是矜持，

并不抬眼看你，

甚至连眉都不扬一下，

为浑然不觉世界的存在

有永恒的潮汐，有永恒的淼寥。

这样的溺毙

古来圣贤皆寂寞,
这样的失意
换这样的一身狼狈,
才让许多人
自愿褪尽锦衣,
开始向往它
云軿鹤驭的瑞景。

盘空蹑翠,去看它
云軿鹤驭的瑞景,
有珠林雨栖与乳窦云封,
其实是四季的玉积花装
在销送山中的岁日,
然后再将它们转换成落魄,
恰好成就了
你人间难得的闲兴。

然而随云水声流,
你只看到括天下之美的
那些官家的艮岳,
和其藏古今之胜的泼天奢丽。
你欲帐饮金谷园,
受绿珠劝酒,羞而殷殷,

其实并不知道
什么地方才可以滋育
白石紫霄的仙心。

所以你要循
刚结束了东方战役的
奥古斯都的踪迹,
来第勒尼安海
寻他为何以四倍大的
伊斯基亚岛,
换它作避暑之地的原因。
而他的养子提比略
又为何在此一住十年,
再没了重回罗马的激情。

这就沿腓尼基阶梯
攀索拉罗峰,
观法拉格利奥尼的
三岛耸峙,似真孤峭,
其实是自圆自足,
天然的人间最好轻举地。
犹叹浮生如寄,
千劫难尽的俗缘棼纠
哪比得上此地难得,
可让人抛了黄卷养白头,
等看它沧海扬尘。

唯托斯卡纳可安顿梦

这个世界,
终究会有人喜欢
一场接一场的炉边舞会。
借以滋生的绮思
是想安抚远方矜持的女孩,
虽冷冰冰,依然
笑傲柴门中的寒士,
为其只能在落日中寂寞,
再和着心造的废墟,
凭吊与致敬
那些从未属于过自己的
酝酿诗的天涯。

他们的笑傲固然等得到
同类以狂歌应答,
只不过有时候它们消失在月榭风亭,
和云深不知处的某个乌有乡,
似示意他们该惭愧,
为这个世界上还有另一种人
无视藜羹胜过脍食的大言,
并不信其能将瓶粟换浮生的醉,
所端起的琥珀般闪亮的酒杯,
居然真超过了宝石的深红,映照它

周围的浅褐与焦橙,并与它们一起
歌呼在镶着金边的阳光下。

看他兀自休憩在嚣闹的世外,
独享这滋味厚永的嘉饷。
他的高标不是要他像仙人一样
绝粒茹芝,遗世而独立,
不过因为有太多的肥腻淹过
世途上太多的人,和这些人松垮的脸上
写满太多去不掉的俗,
是这样日就月将地将许多夙愿
搁置在了失乐园,
只留下说不出的遗憾,
共一天明月
在他们昏眊的眼中浮漾。

这就来托斯卡纳的晴空下,
沿剑柏画出的路,
如衣袂飘忽,蜿蜒向
平缓起伏的奥尔恰谷。再去寻
带两只耳朵的维塔列塔圣母礼拜堂
和立面精美的圣弥额尔教堂的钟声,
似十二世纪的卢卡犹在招呼
不远石灰岩上的蒙特普尔恰诺。
它的红瓦黄墙,真足以慰
失去一多半塔楼的圣吉米亚诺,

和贵为理想之城的皮恩扎
曾经有过的繁华。

听天使一次又一次敲响
晚祷的钟声，送落日
变幻着光影魔法，照陶瓦下
每一组原木搭出的
井字梁，然后再烘那些
无釉的灰泥墙。
它越过墙下赤陶花器和兽头水口
去犁油菜花田和分葡萄藤架，
所吐露的温煦尽是随意，
懒洋洋，不想过来拥你，
却对你一直有一种
别样的牵挂。

目送你循玉带草和薰衣草的芳香
行历每一处丘陵山谷，
更广袤平原上象牙般的卡拉拉大理石
曾诞育过的大卫和思想者，
足证其远绍古伊特鲁里亚文化，
真可媲美忒俄克里托斯唱诵的西西里
和维吉尔《牧歌》里的阿卡迪亚。
你因为怕被这里感染，
神情难免开始变得有些慵懒。
你再不想从斯宾塞和马洛的诗中

收获生活的远景，只愿有一顶
橄榄树编织的皇冠。

快享受从野兔炖到奇安蒂的美食美酒，
体会一如所有开得灿烂的花都不喜欢思想，
唯有修养的人都语简而行缓。
至于所有空气都不如这里的透人心扉，
本身能增人智，能分辨人所说的智慧
其实只与成功关系暧昧，
却未必与真幸福有关。
这就让我在带着露的晨雾中呼吸，
任树影筛风，入梦蓬然。
我愿与清风明月相伴终老，
就此酣睡在
这暝色渐合的凉夏。

无言能给予的初感

不要问
四季更值到此时,
有风留垄头的烟色
与一川麦熟蚕眠后的
葵的盛放,
会给背阳的院落
捎来什么消息。

花开楝子,
风摇平涨的河
润尚小的杏,它让顽童
初试新袷衣的光景,
全是三春雨足明媚中,
人最期待的
至为松快的惬意。

这样候清和入序,
终于可以叹茶饶酒贱,
让半床书压一夕欢,
并无需管枇杷黄熟后
会有怎样的果
来酸他的狂,还有他
眼空四海的意气。

所以你一定要来安吉亚里
体会它近乎诗的模样。
你想让这诗围苔迹斑驳的院子,
以及这院子里种种的不屑言说
和它无所谓克制的自在,
其实是在唤你不知也不会的
浮生中的矜持。

应如它长逝

你把自己

由冰河侵蚀成的湖

交给阿尔卑斯山,

由它高峻的崖去迎

莹彻的空气,

所输予没有氧的

极深处的水,

柔厚又富灵性,最能慰

红顶修道院中

圣巴托洛缪的死,

悲壮,其实有

贞光如玉,

才能使这里的水

波平如镜,

只等着船工的号吹

让自己轻轻荡开,

再曼妙地荡回,

并一次次,以这样的翠,

在崖壁上试它

舔岸的幽音,

原是人绝想不到的

它的贞静。

看晴空下
青嶂所度的云气
倏尔改容,
和着幽壑中的回风
摇水上的草,
与波上的明月
照人所不能听到的
声音,不是鸟鸣,
更非马达,
是人举棹,悠扬地
划开它
新磨的净鉴,
溶漾无际涯的光阴,
和人生难有完满的
终了如覆水。
所以应如它长逝,
而我也应过而不驻,
去效浮云一别,
流水百年为客,
只留下
川原澄映着凫渚,
去舟如叶。

哈尔斯塔特的拯救

可叹周遭皆是,
却没什么能够安慰到
一个少年的寂寞。
他的气性是让他立谈生死,
到最后,怎么就剩下
彻骨的孤独如荒漠,
让人中夜坐起掘眼中的泉,
并因为终究一滴难到
而难以释怀。

然而那已然到来的
长身玉立,
让他自觉郁郁情盛难弃。
最难弃的犹是画屏翠烬,
那样的丽情俊赏,
才一瞥就断送人一生,
让远胜江郎的他的才笔
再不敢触碰浪漫。
那些一碰就碎的字句
让人沮丧,尤让人恨,
足证他的眼其实是枯井,
正如他的心已同废园,
虽妄想涩笔生花,

其实逝水难挽,
是最让他联想到的光景西驰,
和这流逝中的自己,
纵青春正好已无足留恋。

至此他老怀无绪,
再不愿去想那张笺纸上
是否还留有旧日
注水瓶花时的微笑。
他吹薪药鼎时刻下的表情
都在说他的枯怀落落,
是比枯井更枯上几个白垩纪,
够他绞自己的眉,
再换去眼的膜,都不敢信
有大化造物如此,
能魔法,够慈悲,
倾十万斛清醑演这场
柔厚而澄澈的醉。
直到他来到哈尔斯塔特,
直到他亲近
这柔厚澄澈的水。

为你与它的遇见

让你从这里
每一个舒适的阳台
看马特宏峰,
和峰上积久的雪
正向日光艳。
它的孤峭,是要你
用千万仞为单位,
记住帝力之广大,
还有什么叫
人甚可怜。

你若忘星河中
它流云学水的早先,
和新岁将尽后
苏醒于太古的它的初愿,
是裁宽罗幅裹弱体,
何以能想象有春送翠眉
开它的眼,最后
只能是芳心事事可可,
必没有耐心等到
属于你的时间。

四方上下,

雨施云行的无限空间,
更有时间无限,
贯通往古来今的月地花阶。
但你觉得这都无关于己,
故只自顾自乐在当下,
任它灭尽花间露痕的提醒
并檐上霜迹的教训,
为你换一张
高冷孤峭的脸。

致远方至大的风景

我希望,
从再小的窗户都能看
米伦质原貌朴的
山峦的起伏,
横当风,遥接雨,
并和那些树的蓊郁一样
赊明霞于
庄静安详的田家。

它的庄静
让它同那些婉媚的霭一起
常凝固,或流荡如水,
返照着少女峰头的云
袅袅,婷婷,
似存意想撩乱它
森严的崖岸,
和悬挂在谷中的
近乎崩血的夕阳。

然而慰迟暮
而损少年的恰恰是
它庄静的凝固,
和从不故作姿态的

自在的流荡。
它昼开暮掩地筛一切情伪，
是包容，而非冷漠，
所以特别能原谅有些人，
和他们眼底所隐埋的
无重量的感伤。

蒙特勒的教训

很早开始
我就从镜片后看世界,
因为太过清晰,
常期待有一些朦胧
蒸腾,絪缊,
告诉我关于
幽眇和绰约的消息。

半世浮萍中
难以逆料的另一半身世,
以及一宵冷雨过后
忘不了的又一宵温存,
谁能想常笑我痴的流俗
会宽容我的浑,
并容忍我虽少主见,
而仍有狂走四方的快意。

为此我索性脱掉眼镜,
让自己隔着山海
与早年的经历对视。
我担心以过去的眼看不到
足以成象的风景,
其实过去本没有眼,

所以我也就不期待
此时还有谁能直视我心，
并真与我相视莫逆。

行不尽的迢递青山，
更难行尽的是水的潆洄
和它随物赋形的禀性，
虽这样遍予无私，
却曲抵微达地察知一切
假真与伪善，包括
面和心垢与面誉背毁，
并居然仍能受恶不让，
是真的让人惊叹
并感佩不已。

因此我认真地卜居在
每一个近水的地方，
并努力让自己
流荡成它的模样。
我为自己设计了一个
自然到有些粗粝的渡槽，
就是为了看它疏浚出
至量必平的公正，
以便读懂圣人之观欹器，
是为体现它
盈不求概的礼仪。

当然，更让我钦服的是

它的不申辩与能包容，

似给我渊然不可测的最深的召唤。

我这样故意突出它的轻浅

能流行于潢池和河塘，

杯盂和瓶钵，

乃或能以涔蹄之水

添人以某个良夜的泪，

并真就能够成其潺湲，

是要人明白正如看天须看雨后，

看人生须就着这镜中的落花

映水中的月。

杜布罗夫尼克的造访者

从来没有一个访客
会像他这样两手空空,仅用
达尔马提亚海岸赐予的
好心情,就充抵了人所必备的
盛仪造门的礼单。
看他一身都在风里的寒伧,
多少透着潦倒落魄的消息,
奈何脸上的神色仍
轻松而朗亮,
让人不免揣测
该不会是因为无知,
或许真信人本就该随性,
才没有了那些无谓的顾忌。

引人猜疑的还有他帽檐下
被亚得里亚海的阳光拉出的
每一道划痕,虽不重,
但竟然这么贴合他的笑纹
甚至肌理,似演绎
很早就从塞德山顶坠落的
他的惊呼,
不是因为海,他看多了海,
其实是为了

偶然撞见才穿过
圣弗拉霍守护的门,
就能喝上欧诺佛里奥的泉
而兴奋,而欢喜。

且慢致敬布莱斯留在教堂的
那条黄金手臂和他的头盔。
更别说被提香供在神龛上的圣母
正垂视着小广场上的贡杜利奇,
听他说奥斯曼帝国的败绩。
因为拉古扎有种隔世的光吸引他了,
所以他会笑着去攀
那个耶稣会台阶,
并愿意相信斯庞扎宫残存的
文艺复兴的爝火,
虽微弱而仍能够
以信仰之名,给后来的他或她
吹嘘进一丝生气。

爱的祭献

有一片薄薄的痂
被小心翼翼地保存了几十年。
若非安放在这里的玻璃柜,
没人会信它
居然脱落自你初恋的创口。
钟情于这一瞬间
又终止于这一瞬间的是你
无比青涩残酷的青春,
无法追回,更无法释怀。
你勉强振作起精神告诉自己
既然回不去了就无须沾恋,
所以下很大的决定
将回忆封存在这里,
连同他的情书和戒指,
是私心不想让它们还有生命,
但它们居然自有其生命,
这预告了你的未来
必无可能找得到一个地方
再度复活自己。
没等到他就意味着
再也等不到别人,
他离开你就等于告诉你,
你只在臆想中拥有过他,

并且从那一刻起

整个世界就已经抛弃你。

这样你来到这个失恋博物馆,

带着人间无处著相思的

深彻的感叹。

你虽不确定与他是否实有一段

美好的过去,

但仍愿意空出今生之未来,

以默诵这样沉痛的誓言:

前世若未相欠,

今生怎会相见。

宽街上的斯宾诺莎

上帝说是我造的人,
荷兰人说是我们造的地,
那么,该由谁来负责
这洼地上
行过百条河千座桥的
迷惘无助的灵魂,
正失落,正任由周遭空气
吹嘘进长老们的疑忌,
并残酷地向那样的他
压下《律法书》上
最重的咒语。

然而不管以什么名义,
一切激情就这样最奈何不得
寒夜中凉月般的冷静,
它造就任何人都无法靠近的
他的自我放逐,
够清正孤高,
一如他宽大的袍虽灌满了风,
仍能够兀自伫立,
神志清明地向世界昭示:
那构成万物的是自然,
唯渎神的日子胜节日。

因为爱这自然如节日,
困顿中很少想到死的他
虽孱弱,仍让磨镜台聚焦起
生命中全部的光。
这短暂但很明亮的光
朗照着被拒之于四腕尺之外
所有的已来、方来与未来
写他关于死的沉思,
其中有无穷的生意似流水,
波荡着周遭的大静,
至今永恒不息。

在皇家代尔夫特陶器厂

无论是航海家范林斯霍滕,
还是克拉克船上的海盗,
都无法相信
自己在印度果阿看到的
居然不是玻璃,
却胜似巧剜明月的水晶,
能轻旋薄冰似地
将一千三百度的窑温降下来,
让骄傲到不行的锡釉蓝
低调,再低调,
直至谦卑地形塑成
一个个实用器,里面盛满
肉桂、胡椒和丁香,
然后学此间低地上的云,
虽那么有因缘,
却不敢历数
从伊斯兰到玛奥利卡的
多国血统,
只悄悄地屯聚、滞留在
运河的尽头,
以五百年为期,
先试着向世人证明
自己虽受惠于

东方的元青花,

根骨却植基在这里,

是纯正的锡釉陶

和地地道道的代尔夫特蓝。

诗的植物志
——写在林奈塑像前

在旅鼠和三趾啄木鸟
行过的川原大地,
有闪烁磷光的中国蚱蜢
正伴卡尔莱纳的泥浆鬣蜥
一起等风的辨识
和雨多情而缠绵的巡礼。
然而有着红白花冠的
北极花却相信,只有自己
和自己的姐妹兄弟
才是这广袤大地的主人。

阳光下湿漉漉的林地,
和花树下磨坊女曾驻迹的
温柔无尽的田畴,
是这样看流荡在天上的空气
虽飘泊靡定,而只信自己,
并只是靠自己才得以进入
旅行者的鼻腔,
然后提醒那些贪婪的采集者
更应该充任的是画家,
最好像诗人一样
去感知每一片花瓣

就是自己意念中新娘的婚床,
更多花瓣聚集在一起
播撒香味,它们结成的
浩荡香阵太诱人,
佐证着智者亚里士多德
和色夫拉斯特的判断,
正可以助人做成第二亚当,
以代替造物主
为这元气淋漓的自然命名。

这样,我们来看
这个穿着萨米尔人服装,
检现过拉普兰每一株植物的
乡村牧师之子,
说他自出手眼地将花草
安放在不同的纲目
是夺权上帝,
其实他早已超越了圣迹,
他创造的是
为自然立法的奇迹。

乌特勒支的暖阳下

密实的人间，
被周遭黑魆魆污浊的
究竟是谁的灵台。
又究竟是谁
渐失自在与风雅，
在失魂落魄中
寻找旧日
望风舒卷的
雍容。

俗世中的声华，
常能窥破人心的隐秘，
令闲窗销昼，
和日影下悄悄放下的帘钩
都成了刻意的伪饰，
掩盖了人想忘掉的
市集的喧嚣，
终究稍逊于回忆中
她无法抹尽的
念头。

因为是这样，
你需调用它高塔内

十三座自鸣钟的声音,

并记得它们每一座

都以圣徒的名字命名,

所积下的历史

能染你的心,凭将一种相思

和那些无谓的琼箫,

一起知你朱帏的重

和诸色的空,

是任何盛开的郁金香

都不能

与真欺雪的梨花

同梦。

此外你想灵台莹静,

还真得来这里的音乐盒博物馆

听带琴的转塔钟

说一室的虚静清白

如这瓦尔河水,

循莱茵故道流淌成运河。

这样才能让一缕轻燃

袅袅,还未点透,

已有月来造访你的

雕盘严净与金盏圆整,

从而使一瓣心香

生红尘,愧煞从来的

绣被锦茵好眠玉,

和那个伊人
娇斜含情倚身轻时的
深眸。

呵,这中世纪最繁荣的城市,
由地窖和仓库延展出的港口
冲刷着残留在要塞的罗马人的历史,
和教堂地下墓穴中
康拉德二世与亨利四世的脏器,
因此从未被世人忽视。
包括圆顶广场上的拿骚,
那个沉默者威廉的弟弟,
也从未被人忘记。
他作为对抗阿拉斯同盟的
主持者的百战辛苦,
已然为后来的荷兰奠基。
所以这个由市民与商人建立的
尼德兰共和国
没有任何法统却能存活至今,
这样伟大的奇迹,
说到底是因为它有信仰,
信你常艳羡
却不一定能拼死争取的
自由。

阿尔比主座教堂

比之我所见的
这个世界上任何的
重山复水,
甚至花朵的复瓣交互,
都没有它来得繁复。
就像魔鬼捂紧的口袋,
里面的细节
从不交于
风识赏,雨知会,
只苦等着神启,
像这里闪亮穹顶下的
柱子与肋架,
但沉醉,
却不看对方一眼,
并不与谁交集,
只骄傲地站在
一声声
莫名其妙的惊叹里。

科尔多瓦,科尔多瓦

瓜达尔基维尔的湍流
冲刷着古罗马厚实的桥墩,
似笑看卡拉奥拉塔门后的
大天使圣拉法埃尔
虽高耸,却硬是没能挡住
六世纪北非勇士的叩关。

他们伟大的领袖,
是敢于向大马士革进军的哈里发。
但倭马亚王朝的后裔
终究再望不到耶路撒冷的家山,
所以只好听从
另一个声音的指命,在这里
替自己新建一个家。

何况塔里法半岛吹来的风
抚过坦缓的伊比利亚,
正烘暖着晴空下每一个早晨,
也催促他们快带上黄金
去找回能托庇自己灵魂的壁龛。

去吧,这就去君士坦丁堡
召来心灵手巧的工匠,

去迦太基废墟

捡拾古贤者留存的精华,

然后再栽百十株香氛馥郁的橘树

围绕着阿蒙斯尔水池,

洁净千余根从尼姆搬来的柱子,

让它们有以怀想

安达卢西亚的那些月夜,

和勇士们层层堆叠起的信仰

如何被人借着

替西哥特人复仇的名,

用穆德哈尔式庇覆了

大半个礼拜堂,

硬是将他们的拉赫曼

从那些红白相间的拱券上换下。

连精神故乡都须细细辨认,

这让他们每个人都心怀感伤。

他们每一次

瞥向这辉煌杰构的眼神

因此都透着消沉,

其实是人所读不懂的

骄傲与不甘。

第四辑 / 它的名字

在《神曲》地狱第二层

在《神曲》地狱第二层，
随永不停歇的狂飙
旋转翻滚的是
注定要堕入洪荒太古的
弗朗西斯卡与保罗的碰撞，
那种剧烈，每一次
都让人看得很疼，
然在他们却期待至深，
几乎才被吹散，
就急切地想
尽快相逢。

回忆犹是共读
《骑士传奇》后的彼此心照，
即使干犯了禁忌，
仍让自己努力着
像兰斯洛特与亚瑟王后那样
虽间隔着无数窥伺，
和要他们分开的
无数重法术，还坚持
要在对方眼中看到自己，
并以比神圣更圣洁之名
紧紧相拥。

都说这是欲火炽烈,
无人信爱就该缱绻缠绵。
所以听一个幽魂
陈述另一个的哀啼,
总令他为他们所受的折磨
日继以夜,夜继以日,
像两只鸽子被压下咒语,
虽努力振翅而终不免委顿,
以致心碎欲死,
几失了渊默庄肃的
旧日仪容。

好在后来有
柴可夫斯基用双簧管吹落
《地狱之门》上罗丹重塑的他们,
让两人能以倾心投入的姿势
再度拥吻,虽外冷而内热,
实应和着单翼天使的心
召唤出勇武的不列颠狮子,
足证爱不能原谅
被爱者不能以爱相报,
原是天理昭彰,
必须服从。

请引我到贝雅特丽齐的桥头

没意识到这就被风灌满了襟袖,
在看似平淡无奇的一天
开始了雨夕霜晨中的追源。
譬如一切的柳桥,烟桥,
和这苍白世界上勉强成立的
绮梦所注的画桥,
究竟谁更抵得过乘星的夕遇
和那带月旦别的幽怨。

看桥上的风景,胜似桥边
绕栏的红药,这样的玉容姿仪
仿佛澄澈朗月驻神仙,
总能留人在隐隐骚动的春天。
只是为何在他,只在他
才行过人头攒动的香街,
并才上桥头,就已感觉到
阿诺河的水声泠泠,
何其凉夜。

回到看到她的第一眼,
皎皎楚楚不汩泥尘的她的风采
让他惶悚不已,脉搏震动。
他试着从生命的深处

唤出自己与她对视，
奈何还没有开始，就匆匆
瘫倒在圣三一桥上。
只依稀记得她天使般的脸
何其典雅，尤庄秀过
春日隔岸的花园。

很快，他们有了第三次，
也是他难忘而无望的诀别。
他虽想让自己活在《新生》里，
并尊维吉尔为精神导师，
但绕过理智与哲学，
死神终究还是赶着要与他
一同没世长眠。
所幸他可以仰望神圣的恩典
如她，也只有她，戴白面纱
和橄榄花环携他的手，
同被光之河托举着飞升向天。

巨大的幸福如激流
冲荡他《神曲》天堂第三十歌。
他料想索尔比会画他
在圣玛格丽特教堂门口
不能自持的惊艳，
罗赛蒂会留下他与她在婚宴上
尴尬相遇的瞬间。

但所有的失落与失态
都够美好,是纯然的真情流露,
神圣到没一点不洁,所以
且让霍利迪把它们拉在一起,
以为一切终获至爱的纪念。

苏莲托的浪漫诗魂

因为这里的美,
让他十八岁写出《利纳尔多》后,
又立志要再写一部不朽的杰作
来与阿利奥斯托争胜。
他征用荷马的修辞,
和丰赡过维吉尔二十歌的篇幅,
还真就传写出十字军东征中
骑士勇夺耶路撒冷的业绩。

然而他不愿依循旧传奇的套路,
和学园中令人作呕的迂腐。
他收起对统帅布留尼通常有的夸饰
去讴歌利纳尔多士的爱的胜利,
其中现世的欢乐,虽每一刻
都激怒了教会,但那又如何,
为其中每个字母都闪耀着人文气息,
仅此就足以让他兴奋,着迷。

何况他自己就这样热烈地爱过
菲拉拉城邦中大公家的那个女人,
知道爱是人最自然神圣的权利,
它最能激活人潜藏的高贵,
但唯此也常常受到阻挠与破坏,

这注定他必须弃用被人传唱的牧歌，
而要写两千首抒情短诗，
里面全是他歌哭过长夜的忧悒。

所以他久久地困陷在压抑和苦闷中，
无法排遣情感与信仰的冲突。
他出窍的灵魂游走在崩溃的边缘，
直到自承异端，入疯人院后再放出的
浪迹曼图亚和那不勒斯的孤魂，
已不忍看教皇授予的年金和桂冠，
孑然一身躺倒在修道院的病榻，
迎接他贫病交困中的葬礼。

成就卓著的歌德和出身优越的拜伦
几曾体尝过如此悲惨的人生。
这感动了李斯特从他们的戏剧和诗中
汲取灵感，并首次用交响诗形式，
其实是船歌发展出的近于哀歌的旋律，
兼以贡多拉上船工低沉的吟唱。
来回忆他惨淡的一生。里面全是哀愁，
而绝无小步舞曲的欢快和胜利。

哀愁是他生前活得实在太过纠结，
和他在菲拉拉恋爱中所遍尝的太多苦难。
胜利则是他死后迟来的荣誉，
和洗雪后再无从寻自己怨灵的遗憾。

然他的光荣是这样依然活在
威尼斯的每一片湖礁,照每一个良夜,
由它们招请出的他的幽灵,
当得起伟大烈士与诗人的英名。

看通往阿马尔菲海岸的这里的山
逶迤出苏莲女仙无限的情思,
她坎帕尼亚的柑橘、葡萄酒和橄榄油
熏染了每一座教堂与修道院,
都不如特拉诺巴博物馆内他的遗物
仍留存着这里九重葛与含羞草的气息,
使他虽远而实近的形象
犹胜于圣安东尼诺所许诺的宁静。

远处火山形成的峡谷深深,
和谷中四万年光阴照亮的溪流
正潺潺注入大海,令海浪轻轻荡漾。
它激起的波澜四时澹荡如清晖
滋润满坡的橘园任旖旎风光罩着,
每一个都丰润饱满如人的脸,
又饱满如太阳光的交横,
真接近于他诗歌辟出的秘境。

但是你终究还是说着再见,
将背影留给了心怀崇敬的人们。
你终究还是永远告别了故乡,

到远方去唱你田园中的《阿明达》
和演悲剧《托里斯蒙多王》,
此诚为彻底地弃人而去,
即使有轻歌抚慰,依然如罗马废墟的心
感伤并低回不已。

蒲柏庭院的金柳

林奈第一次见它,
就在《植物种志》中兴奋地猜它
是以色列人据以远眺锡安山的
伤情树,他将这树唤作巴比伦柳,
是要人记住从截头处垂下的
它略不经意的繁荫,
是罗马人特别赠予的清凉。

其实它另有来历,是蒲柏放下诗,
抑或带着诗,将它幼发拉底河生出的枝条
植入特威克纳姆自家的园庭,
并认定是林奈错认作巴比伦胡杨。
它经丝路传入西亚土耳其的
实是远方中国的种子,所以注定要随风
复归于那一片湿漉漉的江南。

因为蒲柏的影响,和他临终前将一些
柳枝分送给巴斯的友人,它很快就俘获了
整个英伦与欧洲人的心。尤其
它河畔的绿荫近乎神灵,能用闪光的眼
拂圣彼得堡叶卡捷琳娜大帝的花园,
更有眉如远黛分荫于美洲年轻的草地,
居然真就在那儿的校园里生根发芽。

说到底他一定是听说了传教士对远方中国的夸赞,
这注定了称羡他的柳树就等于认同
他的浪漫能从簇生的树冠上伸出思与诗的枝条,
不是蓬头彼得,似河边向阳坡上映衬天空的
精灵的腰臂,轻盈而窈窕,
不仅将鲜艳的荑荑花序喂给应季赶来的昆虫,
更给做蓝柳瓷的艺匠最新鲜刺激的灵感。

然而由它的生带出的基因要它专注于离情的表达,
这引动了蒲柏们熟知的关于它与哀哭的联想。
英格兰尽大地的爱虽然浩荡终不免与夭折结束,
这样河谷中的湍流转过丘原围住凉亭,
那蜿蜒纵深的每一条林中的小径,都看得到
它傍静谧的湖与神秘洞穴的身影,
原本就不尽同于宛自天开的中国园林。

何况被驱逐的以色列人
早已经将流浪的竖琴挂上了它的树枝,
他们认定它是自己命中的失去之树,
能征象失爱前的甜蜜似浅而实深,并此后
只剩下警示,警示一种注定被摧毁的爱慕
和必然会到来的诀别,本质是要人
萎靡如它,常垂下头轻轻地哭泣。

所以莎士比亚一定要让它尽显忧郁的成色,
在《威尼斯商人》中让埃涅阿斯扬帆起航时,

身后追印上拿柳枝的迪多的眼睛；
而《哈姆雷特》中那个美而善的奥菲莉亚
也必定会选柳树下的河作为葬自己的坟，
这样就可以不用听苔丝德蒙娜临死前
对那首《绿柳树》的演绎。

当然，因为是失去之树，
它总是想让贞洁的月亮女神完全拥有自己，
这才有《德伯家的苔丝》中身穿白衣的
乡村姑娘用去了皮的柳枝作手杖
参加五月舞会，兼带以狄安娜的表情
彰显自己处子的身份，这样的贞洁，
让它适足成了疯子和情人的死敌。

感恩终究还有像华兹华斯那样的诗人
用回忆年少时的情怀如诗来呼应他的激情，
说那就像一段独自掠过月光湖面的旅程，
始于偷小而窄的划艇出走，而止于将它系在
一株婆娑的嫩柳上，那不是叛逆，
是同于坦普尔和艾迪生的对自然的皈服，
其中有部分被特意上升到了哲学。

看萨默赛特平原上四下扩散的它的芳踪
已繁盛千百年，它的品种与数量一样多得惊人，
只是从白柳到蒿柳都不是垂枝生长，
都好像因为蒲柏才开始垂依阑干，叫人不忍看

它初染的烟色,并难以平复自己
躁动的心,觉得它契合的只是悲哀,
因此殊别于古老中国的感伤。

犹感蒲柳被毁后画家透纳的咏叹:
如今您安谧的洞穴逃不过劫运,
接地的袅娜早被人遗忘,
幸余一柔弱的幼枝经我呵护而重生,
令欧洲蕨好生羡妒它还能在寂寥的河岸
主张自己的荣耀,似颀长的枝条
犹能轻点着这里的细波袅袅。

你们只是说浪漫

这里的蔷薇或玫瑰
与蒙马特高地上的花一样,
散发着不安分的气息。
因为它曾沾染过萨福在勒卡特
坠海时的悲,
和凯普莱特家族墓前
罗密欧与朱丽叶的痛。
他们的病全源于痴,
其实是浪漫,
令孤傲的学院派画家谢弗
虽感到沮丧,
仍无从效仿。
然而他低地上习得的天性
是要他真诚地面对世界,
所以引一众高明
挤满这个春风拂过的庭院,
杯觥交错间
他发现自己并非异类,
原也有同于他们的
哀怨与忧伤。

这样他自然就接纳了一个
全然不同于自己的人,

以贵族父亲与波希米亚母亲
赋予的过人情商，
用自由的思想挣脱肉体。
而可歌可泣的正是
她的肉体，虽包裹着
庄严到有些虚伪的男装，
再配以抽雪茄
和饮烈性酒的狂放，
居然仍那么能传递她
纤敏过人的心思
和博大到包山包海的同情。
尤其她优美的信札，
每一行都在向人证明
男人可能伟大如谢弗
与李斯特、肖邦，
但成就真伟大的是浪漫，
是世人都无法企及的
乔治·桑。

谁留住了缪塞的绝望

在那个年代,只有他
敢爱一个抽雪茄的女人,
欣赏她脸上挂着的
杜邦祖母的笑,
是曾润泽过
启蒙主义者的自信,
和令肖邦为之倾倒的魅,
更早波伏瓦一个世纪,
就为女性解放,
撑起了
威风凛凛的大旗。

然而他依然爱着,
以小她许多岁来证明自己
残存的激情可供他唱
五月夜中菩提树的繁荫,
然后再由八月夜的酝酿,
让一种不轻说出的誓言,
说出时虽轻而再轻,
仍不能不情深入曲,
使弹奏它的琴像芦苇
倏尔就折断了
它络绎缤纷的玉音。

很快十月的夜悄悄降临，
受尽她折磨的
是许多无法言说的痛，
伴他度过十二月之夜的
空寂凄美的静。
但这静说到底什么都不是，
只是一种念想
撕咬着他的心，忐忑，
并让他的思绪如麻，
尤胜于草间
那只忐忑难安的果蝇。

回到看到她的第一眼，
那缛丽背后的色彩
难道正合他写《罗拉》时的心情。
他伤悼玛丽恩每一刻的无情
和被她花完的每一个
得自他父亲的金币，
茫然不知的是再过三年，
《一个世纪儿的忏悔》
假失爱的奥克塔夫，
居然这么早就印证了
他世纪病的前因。

他没法放弃别人，
却有的是办法作践自己。

他以残存的庄重和自持
让罗拉审视
刚刚过去的迷乱,
似意识到对面屋顶上的太阳
正稍减着它的红,
并仿效自己"四夜"中
唱过的月白与风清,
将他引向
葬神于黑暗的坟茔。

这就忘掉珠翠委地的豪奢
和大菲边枕上横陈的
口脂留香的欢情。
交颈,是紫罗兰盖被下
仅可见到的她的狂乱,
抵足,是红滚边束腰裹紧的
他前世缔定的宿命。
但对此他真无可奈何,
只有让那个叫热尔韦的浪子
用柳拂过自己苍白的墓,
终结他此生难了的夙心。

所有人都愿唱马鲁利奇的歌

许多人在高台祭坛上
见证过圣弗朗西斯·泽维尔
创造的奇迹,是用一只手
指向天聚上帝的光。
而在他另一只手的安抚下,
一些盲者感受到了光亮,
一些死者正满血复活。

不知道的是
他远去亚洲传教时,
行囊中除《圣经》,
就是你拉丁文写成的教谕,
虽关道德,却不迂腐,
有的是郁勃的激情,闪烁着
人文精神的光耀。

因为出身贵族,
你自免不了年少轻狂。
这样当你与交好的同伴
追求同一个女孩,
你看他死于同一种爱,
所酿成的悲剧,
着实让你对自己感到失望。

你的视野从此变得开阔，
并渐渐有超过一般信者的庄敬。
你以耶路撒冷城的控诉
诅咒土耳其，虽仍取材于《圣经》，
但以《达维迪亚斯》成十四歌，
每一歌都关乎更多人，
有了更至正至大的求告。

最可敬佩的是你得自帕多瓦的
圣诗韵律，不尽为传唱
摩西与哈拿的颂歌。
你以句尾的清韵摇曳
来和句中民谣的音节，不是真认为
诗有魔法，当然也不会
把诗人当作占卜师一样调笑。

被缪斯选中的，是你总致力于
沟通与人而非神的情感。
所以你伟大的杰作《尤迪塔》
不惮用方言和本地音节
引整个民族叠声来和，来敬你为
克罗地亚文学之父，作你的副歌，
而你则是他们最诚服的向导。

黑利阿迦巴鲁斯的玫瑰

自十一岁第一次游历意大利,
他就能在这里的
每一处遗址和废墟中找到自己。
那大理石与青铜交映的
古罗马的风景,有光,
同于身着潘普洛斯的
阿姆菲斯女孩,是这样随意地
将希玛纯缠上玉臂。
其由饰带捆扎出的曼妙身材,
从斗兽场和神庙的平台上垂下,
再斜倚向卡拉卡拉浴场的围栏,
简直亮过蓝色地中海的脸,
神注定,就成了
绽放在他色盘上的
永久主题。

所以他会用整整四年的时间
画西风之神吹过的罗马春天的花节,
画被祭祀芙罗拉的人群所遮蔽的
神庙前的酒神,似仍醉而未醒,
俯瞰着脚下的大地真丰饶而五彩缤纷
不但没一点阴影,相反纷张着
鲜艳夺目的外衣,像在提示

一切花都须配合音乐,
才可以让那些女孩为他披上
豹皮与虎皮,充祭司,
再举花和铃铛助酒神狂欢,
来表达对巴克斯的诚意,
并看似若无其事,
其实别有深意,隐含着对
罗马人的否弃。

因你不能领会
他特意从《罗马帝王纪》拣出的主题,
为这样突发奇想的皇帝
想要用紫罗兰埋葬赴他宴会的宾客,
最后真就在他们烂醉后
打开遮阳篷,降下无数花瓣,
其实是降下死,而他
则与情人和母亲漫不经心地倚靠着
巴克斯的雕像,欣赏
他们渐渐地被花瓣淹没,
并很快就意兴阑珊地转过身去
听双管笛的吹奏,
然后放下手中的酒杯,
笑着宣布唯这样的死
才是今晚最精彩的游戏。

你看得到他画中的惊恐与愤怒,

这让他决定每周从里维埃拉
调玫瑰花来谴责这个
尸位四年就丢了性命的皇帝,
及其所象征的罗马时代的奢靡。
你说紫罗兰代表忠诚和谦虚,
不如玫瑰花指向欲望和死亡,
更适合表现道德的堕落
和他所身处的维多利亚时代的危机;
你说他其实是安格尔的门徒,
与拉斐尔前派最为眉目相似,
他们固然令他的笔触变得轻而更轻,
但他并不想为了张大古典的传统,
而邀你一起营造
浮滥如此的浪漫诗意。

然而他终究还是被误读为巴洛克风的拥趸,
经受着只配装饰波旁威士忌盒的恶评。
他既不是学院派中的世俗装饰大师,
为何人更在意他有别样的眼照见真古典的本领。
犹忆吕克拉辛对弗里吉亚地母神的唱诵,
说库柏勒出现时,崇拜者会从天上撒下花瓣,
再及《萨蒂利孔》中特里马尔奇奥
精心安排的十二宫盛宴,和佩特洛尼乌斯
对曾侍奉过的皇帝尼禄的暗讽,
他也曾用夜莺之舌做菜,在黄金池中戏水,
他奋张他的野心以地球为原型

打造多雷宫并让它昼夜旋转，

象牙片天花板上也曾洒下的无数花雨，

今天都成为长眠于圣保罗教堂的

他灵魂的慰藉。

像你这样的蒙马特精魂

我希望你永远被人无视,
为你的疯狂、酗酒和神经质,
为你将查理大帝时代
积攒下的家族声名如此草率
就押给了红磨坊,
和那个固定座位上
从瓦拉东、拉古留到阿弗莉
贴身傍你的俗艳的热情,
是这样正照见你残败的躯体,
荒落了你久积于心的梦想。

你梦中驭马骑士的风度潇洒
让人每每折服,更多赞叹。
然而你看多了文明精致的伪饰,
断难嘲笑舞女与娼妓的粗鲁。
你托吉贝儿将世俗的爱唱成香颂,
那些唱不出的热艳借你的画笔
悉数旋转,飞扬,
带着特别稀松的色与线条,
终究久久地被人记住,
被无数的才人颂扬。

为臆想成就的安格尔

在他漫长的一生中，
只为护送《路易十三的祈祷》
回蒙托邦小住过一次。
其实他爱故乡，
这些由加龙河哺育的
葡萄、菌火鸡和熟鹅肉，
以及美得像落日余晖的蜜桃
尤近于金色火焰，
用他的说法，
其味道完全配得上
诸神的时代，
是自己创作真正的
灵感来源。

但这也告诉人
他其实另有心仪的精神故乡。
他所追随的希腊，
以陶罐、雕塑和绘画
授他以工致的线条和均衡的构图，
是嘱他必须使色彩
干净到单纯，才能追配
古典女神的优雅。
而这在此后成为他的爱好，

让他终生志于学如考古学家,
更比考古学家
多带一份灵性去罗马,
去见证拉斐尔
和文艺复兴诸先贤的才华。

用对称、协调和安详
捍卫了古典理想的他的性情,
承载他之前全部历史的
完美、恬静和纯洁到娴穆的
他的人体,纯美,
是自认属于叛逆时代的
大卫在流亡中
始终无法参透的谜。
从他出生的路易十六时代,
到他去世,已走向没落的
第二帝国时期,
他的一生与所有的政治动荡
相安无事,
这究竟与他的艺术
存在着什么关系。

静穆的伟大常常冷血,
正如崇高的单纯常透着虚假。
你或许能不谈坚持信仰,
我却真做不到放弃激情的平淡。

所以你认同戈蒂耶，
特别肯定他所拥有的情怀
和《珐琅与雕玉》的精致，
有一种纯美到唯美的风范。
我却偏信波德莱尔，
并推崇德拉克洛瓦如此冲动，
能由《希阿岛的屠杀》
去想轰轰烈烈地求一场好死，
这样的大无畏
真要好过《瓦平松浴女》的匀细
和《布罗格利公主》
只见仪态与风度的典雅。

归于母腹的大地

终于,你脱掉那身
巴黎穿的天鹅绒外套,
换上了祖父的衣服。
你看妻子小心地抱起
熟睡中的孩子,
真想马上告诉她
只消转一个山坡,
就有你们将辛苦劳作
并欢呼丰收的土地。

其实,从播种到收割,
这里的每件活儿
你都能轻松地拿起。
所以每天的每一个正午,
当果蝇在草间打盹,
你都能回味昨晚喝过的酒,
倚着刚堆成的麦垛睡去,
只一会儿
就攒足了种土豆的力气。

远处,金黄和赭红的雾霭
伴着云,轻轻地
就落在了牧羊女行过的田垄,

惊起正抽着条儿的
枝头上的燕雀
蹿向天空，上下翻飞，
引一路轻烟袅袅，又回旋，
似这里的每一个晨昏
正不紧不慢地低吟。

照例，你还是不画出
每个人清晰的眉眼，
不仅是因为她须背阳编织，
他又常要面土犁地。
是怕遗漏了为刚破壳的鸡
和正待产的牛操心的
每一个他们，
而只能违逆雇主的要求
直至放弃到手的订金。

惊叹，是始终有耀眼的光
追赶着巴比松
不断向夏伊延伸的土地，
看它压低着自己，再压低，
以便让土地上的人
能显得高些，再高些，
直到更耀眼的光抚慰每一株庄稼，
直到尽大地都是这种抚慰
可以让他真正忽略自己。

包容呵，这无比丰饶的
抚万类而育众生的大地母亲，
是这样让人不胜孺慕，
以至让他甘愿拼将残存的年命
还以格鲁什村造就的生命。
这是重归母腹的欣喜，
对此他说不出，
只拿得出
这么小的尺幅感激。

唯印象才有的庭院和池塘

为挽住眼前掠过的
那些神奇光影,
并让人能由它们的形
解会藏在他意念中的谜,
他不能不造这样的
庭院和池塘。
包括林木扶疏中
被神禁锢了的那些精灵,
常隐约地向清晓的月
诉心中的事,间或引藤架下
逡巡整夜的哀怨
纷纷跌落,居然碎乱了
整个夏天的婆娑之柳,
和为碧伞收尽的
那一池亭亭睡莲的相思。

当然也只有这样的
庭院和池塘
才能将人的视线收拢到
他的调色板,
让它匀几分叶面上的清风
予波斯菊和旱金莲,
猜它们因何种情绪才授粉于

水榭旁的铃兰，
又如何度水仙的香过日本桥，
最后竟能以不同的色
分染不同的花语，
都是他，也唯有他
能代造化行权，
并给了慵懒的晚莺们
以殷勤周至的鼓励。

然而他更在乎的还是这样的
庭院和池塘
有太多不能错过的细节
从没有被人注意。
譬如一抹光如何忽地遮住
正巡行于波镜的另一抹，
然后无奈地让一滴雨鲁莽地
撞破另一滴，似出于无心，
实故意弄出了声音，
近于树上的莺声娇啼，
终究同于夜鸦绝望的呻吟，
都应该是他，也唯有他
视为自己的日课，
用心地将它们
一一收入笔底。

纷乱的世界，太纷乱的

尤是花团锦簇的巴黎，

竟无人会他执意要通过这

庭院和池塘

来改变艾普特河流向的目的。

直到许多人因为他

有这样的固执而调整了眼光，

而发现了美原有只属于它的形色，

虽朦胧，实流荡着清晰，

能够让风弄琴成曲，雨酿酒成诗，

而光能代年迈的皤翁

揭去他眼中的翳，

所替换出的那层膜

浮漾在水面，最足以映象

光阴与季候的真谛。

被拯救的雷诺阿

无论磨坊舞会还是游艇午餐,
都有他画出的
那双穿过音乐会包厢的眼,
不是流波横溢,是惊鸿一瞥,
让观者禁不住齐齐拜倒,
拥戴他喝香槟酒,安享这
百代永彰的令名。

然而安德维普小姐的表情
有晴空一样的透明,
沾着风,传递着暖信。
她脸上变化的光影很蛊惑人,
斑驳跳跃如断玉和碎金,
不经意就将人带去
南法海岸
游历温煦无比的卡涅,
这蔚蓝色的院庭。

于是他去会
候他于夙命中的
月光女孩,
去引她走下银幕,
穿过科莱特庄园的

橄榄树和橘树,

以如云的发挽深沉的秋,

救那支沉疴缠绕的笔,

实是与阴郁的冬争更多的光,

好映照他

从来耽美的性情。

行过马蒂斯的记忆

即使仅剩病残的躯体，
它的触角依旧能敏锐地
抚过发光的肌肤，
虽有些犹豫，更多的是兴奋，
为其能缘行尽三春的
少女的身体，
是必定浪漫过波德莱尔的诗，
有不能用粉红来宣示的
生的奢华。
当然，若你想用蓝色
指代死的宁静，
也可以，而且正好。
至于能泄导人快乐的
嫩黄与快绿
足以度越冥河，每一滴
都可以还给莫罗，
直至作成与西涅克
相视莫逆的
后现代的景象。

致墓中的夏加尔

你是游离于一切流派的牧歌作者，
仅属于维捷布斯克的黑色村庄，
和山谷里数不周全的辉煌的紫丁香。
你因受到天启招来红马与白马，
任它们分神于清晨的花树，
和几个乐手一起拥交颈的恋人
藏身牛群，再面目模糊地掠过
冰原上的飞鱼，很麻利就攀上了
圣母与圣子的额头。

那个水中得救的摩西，
或可想象为俄罗斯也有应许之地，
是巴黎星空下自甘流放的你
最想饮下的甜死人的琼浆。
这样你勉强可以在这个地方住下，
以比梦境更梦幻的画为伴。
然后再和衣躺下，安然地长眠，
冥想现实外那个不可思议的
超现实的原乡。

被困在昂蒂布的毕加索

在蔚蓝色的昂蒂布
朱安雷宾热烈的阳光下,
有比阳光更明艳的
弗朗索瓦丝,
值得他以从没有过的热情,
以撑起一把巨伞的谦卑,
以与共处八年的朵拉分手的果断,
以忘掉两任妻子、四个情人
及数不清的浪子般的
逢场作戏,
在格里马尔迪古堡
上演一出古老的
法乌努斯戏码。

该有人告诉她这个戏码的主人
只名号出自罗马,
他更浪漫的根其实扎在希腊。
所以她复原了他
人的健硕背后的羊的好色,
复原了他
掌管自然、山林和乡野背后的
更重要的兼差,
此外还复原了他

虽主创造力、音乐和诗，

其实是基于沛盛的原欲，

故适足成了宁芙们

不得不放弃歌唱的噩梦。

所以她毫不犹豫地

选择了离开，

成为第一个弃他而去的女神。

所以她已猜到，

当她的目光越过昂蒂布

不远的瓦洛里，

第一次迷上画陶的他，

一定会再一次地

错乱了山羊、秃鹰和公牛，

黑色、白色和米色，

去迷他生命中

又一个

最最重要的她。

黑暗尽头的多雷

许多法国人都没留意
贝勒查斯街上那个小小的
标示他故居的铭牌。
正如他们本不知道
该如何面对这个少年,
以这样天才的眼俯瞰众生,
所画出的地狱
居然同于自己的想象,
够美艳而奇丽,
使许多不安的灵魂
都落下了,落在了
可休憩的
芳菲铺满的草地。

了不起的是他花五年时间
为《神曲》配插图,
为后人能跟但丁、维吉尔
走过一个又一个山谷,
抵达贝娅特丽齐的天国第九层
看各种罪如何受各种罚。
尤其那支神圣的军队,
居然能以纯白的玫瑰花形
呈现在人眼前,

这使他们意识到
自己素来抱持的趣味
是假真与伪美，
所以深为他
曾受到的冷落抱愧。

然而他并不在意，
为自己所有
孕育于斯特拉斯堡的冥想，
正无限度地
沿哥特式教堂的尖拱上升，
虽沉郁而不乏有光
能映照黑沉沉的故乡的森林，
犹是他童年最喜欢去的地方。
还有阿尔萨斯的风景
和流传于日耳曼民间的故事
都刻满了他的记忆。
他冥冥中时刻体会到
与上帝合一的那个自己，
原是这样可胜任
浪漫主义的刺激。

虽说人的存在是奇迹，
仍不足以拟议宇宙力量的神奇。
譬如既非色盲，为何只痴迷于
单调的黑，并用它到极致。

可叹黑中交错的光怪陆离

是期待着展开的哥特世界的神秘,

很适合中世纪的残酷冷峻,

和热衷探究死的

他最钟情的浪漫美学的大义。

它可以向人揭示世界的忧郁,

又特别能区别迷乱与理性的界限,

从而给人以安宁,告诉人

死不是悲剧,是含有崇高否定的喜,

是和史诗般的惊心动魄要你沉思,

让你认清它有诚意,

能散发真光明的热力。

所以他有更奇幻丰富的

从《失乐园》到《巨人传》的旅行

超乎所有人的想象。

其中飞翔着的那些奇妙生物

出入于鬼影幢幢的仙境,

原本都寄居在那些伟大作品的空白处,

因为有神灵以肉眼看不见的方式

交叠着浪漫与现实,

又呈现为视觉史诗与文学交融,

所以你没办法拒绝,

也不能说他全无魅力。

譬如对着求救的少女和脚下的鼠

仍高声朗诵的堂·吉诃德,

在风车翅膀笼罩下的水槽间巡行,

实有无以名状的凄凉与沧桑。

拉·封丹寓言中的飞禽走兽也都指向

上层社会的恶与经院哲学的伪。

至于成千上万十字军骑兵向土耳其挺进,

平原上更多的穆斯林正等着他们,

其中才抵达耶路撒冷的鲍德温一世,

和失乐园中披戴着金刚镣铐的撒旦军队

被这样惨烈地囚禁在法场的烈火中,

全基于对历史真切的体贴,

有他对人性最深刻的悲悯。

他深入到阿利奥斯托的世界,

画《疯狂的奥尔兰多》中

充满忠贞、勇敢和牺牲的爱,

因此鲜少宗教的偏见与禁欲主义的伪,

反而有诗人没能说尽的人生真谛。

再深入到丁尼生的《国王之歌》

看亚瑟王踩过尸骨,引葛伦入古堡中庭

以及艾登如何前往宫廷请罪,

那个无限向上的旋梯上旋转的

冒险骑士与宫廷情仇

充盈着迷一般的月色氤氲的背景,

似夕阳抑或朝晖,

比任何舞台都要光亮大气。

更不要说夏多布里昂

洋溢着异国情调的《阿达拉》了,

夏克达斯说出的爱情悲剧也被他纳入画中,

那种厌世其实是厌弃文明,

与柯尔律治《苦舟子咏》中老水手

对赴婚宴的客人讲的故事一样神秘恐怖,

六百二十五行,每一行

都揪紧你的心,让你无法释然,

更对自己产生了深深的怀疑。

终于透过时间缝隙中的

悬崖峭壁和高大的黑冷杉林,

他敞开了宽阔宏大的人文关怀。

他用线条无尽纠缠的方式

既处理明暗又体现动势,

让人的目光循着它的跳跃

如坠繁复的迷宫,

尤其密匝匝的排线放大一千倍,

每一条都等宽,等长,

看不到一丝破绽,

有着远超丢勒的天启四骑士

更令人晕眩的整严。

已无处寻觅贝勒查斯街上

有冷杉树柱廊的那个房间,

他在那里会戈蒂埃、大仲马和伯恩哈特,

并以快耗尽的力画爱伦·坡诗中

那只庄严的乌鸦,为它能扮青鸟

探恋人丽诺尔的消息,

且既代表上帝,又代表死亡,

让他虽不免纠结,更回想曾摹状过的

《圣经》的某处山谷和它谷中的累累枯骨。

既然我对死已作过那么多阐释,

就坦然面对吧。

这样他就去追两年前去世的母亲,

带着最后浪漫派的徽记。

他怀想自己行过的阿尔卑斯山

和西班牙及苏格兰大地,

以五十一岁的年命

奔骑向远方蒙昧的天际,

那里虽黑而仍有光,

并即使是夜也是繁星之夜,

总让他感到有理想直击心底。

克里姆特的金色华袍

只要我还想表达，
就决不掩饰
自己对传统的反叛。
包括前辈笔下的达娜厄
也被我分离，再旋转，
变化出你不认识的
几何图案，用来安顿我
沛盛的原欲，
是你所无法想象的
最极度的
疯狂与迷乱。

因为雅典娜的衣袂
太柔适，又太刻意地
舒张着获救者的
驯从与温顺，但其实
它们的色泽单调而刻板，
像铜，冷而僵硬，
似等待我行过拜占庭，
用那里的镶嵌画
充纷披的华袍，
再向大地垂下它
奢靡的璎珞，

不止征象人视界的残碎,
又是你无法弥缝的
最深至的
浮华与凄惨。

然后,灵魂必然走失在
这光影斑驳的午后的欢场。
以至任我从远方拉来
中国屏风上的碎花装饰,
并纷张你熟悉的浮世绘的
锦袖与罗帕,
都没法料到它们被洒上沥粉,
再贴上金箔和螺钿的模样。
更不知它们的交叠
恰好是我内心最尖锐的
悲伤与荒凉。

但很快,
提香和丢勒从天空
降下诅咒,
我也在脑血的奔突中晕厥。
弥留之际,有谁能辩识
我已还光亮的暖色
给錾刻金器为生的父亲;
还此后暗沉的青与紫
给因为丧子而憔悴的母亲。

而我金色的生命之树

挂满了天使的吻,

遗落在阿特尔湖边的青草地。

那里的小屋是天堂,

有一切人最难消受的

安谧与清凉。

在莫里茨皇家美术馆门口

或许有人告诉过你
可以托付给这一季清夏的
不仅只有窗台上的风。
但凡在庭院台阶上停留过的
每一只瓢虫的私语,
和蚁斗知将雨
及虫鸣觉近秋之类,
都可以安慰到
结屋山中的孤独行人。
让他们边仰承重露,
边梳理岩云,
然后因菡萏香避喧息虑,
假琉璃碧而习静与忘机,
并只觉得
胜却菡萏琉璃无数的
是她的笑靥
如花微放,共叶生凉。

维米尔墓前的色盘

你可以说它是天空的颜色，
深邃、广阔而安宁。
但它字面的意思是只亲近
跨海越洋的纯净。
你当然很诧异这产自阿富汗
比黄金还贵的宝石，如何成功地
诱意大利商人费尽心思，
经海路运它到这里，再碾它成粉，
为何仍未能赢得大师的垂顾，
而偏偏独占了这个
潦倒画家的色盘。

看他冲冒岳家的冷眼
和太太无尽的唠叨，
与夫四处告贷的惨淡生涯，
及十多个孩子的嚣闹。
虽不遑衣食，
仍低调而优雅地开放。
这样窘迫的艺术，
与所摹画的有别于主恩赐的
俗世安好的日常，
你再豪横，也只有钦佩，
哪里敢心生一丝丝

不明所以的轻狂。

且凝神于维金纳琴前的天使
和持天平妇人的矜持,
再敛气谛视那读信者的靛蓝衣衫
和正在倒奶汁的健硕女仆的围裙。
瞬间凝固的是静好的岁月,
片刻即永恒的是现世中
远胜于香而弱的绮窗处子的入定。
相较之下哈尔斯太过活泼了,
扬·斯丁的快乐家庭又太喧闹,
至于格瑞特·窦笔下的主妇
只僵硬地坐直在神龛前,唯有他
悄无声息地以两个世纪的声名藉藉
与克莱因相视莫逆。

他们共同的宣示是:
蓝色指向天空,
意味着画有无限的深度。
它不仅如歌德所说
让人振奋亦让人平静,
其实是更真实地显示着
崇高的理性,
予人以最自由的生命。

戴珍珠耳坠的女孩

堆隔世的哀怨

看谁的眉峰翠减。

积三生孺慕,

只怜她腕玉香销,

宜嗔喜而缄默,

合颦笑以憔悴,

竟至于两颗珍珠,

一双凝眸转横波,

顾盼向

骀荡的春风

秋水儿媚。

似这样隐隐约约,

终难言明。

能越洋跨海的

是垂垂老者的回忆,

不输少年轻狂,

疯了似的默循

她的兰仪

如她微颤的佩环,

但何尝能设想有种

靥笑唇绽

如春桃樱颗,

绝胜于霞巾幔垂,
下姑山,渡瑶水,
灭尽了矜持,
只剩柔情。

致埃米尔·安托万·布德尔

赫拉克勒斯,
古希腊数得上的伟大半神,
有宙斯赋予的惊世神力。
因此类似解救被缚的普罗米修斯
只能算是他稍带完成的事情。
然后他历劫重生
入奥林匹斯山战巨人族,
所赢得的不世勋业令天后都赞叹,
令青春女神甘愿委身于他
厚重如石的力与美,居然
都被你——抟泥成铁,
刻入粗粝近诗的生的肌理,
更煮山为铜,
吹嘘进灵魂与生气,
其实是你用自己
赖比利牛斯山养成的倔犟
抵抗世俗,终得以
与罗丹一争高下,
并让落寞已久的良师
不坠令名,
只因你,而获得人
长长久久的垂青。

灵魂的启蒙之旅
——致路易·詹莫特

在基督的见证下,
灵魂以新生婴儿的模样
见证了他诗歌的诞生。
这些诗写满关于时间的寓言,
从被遗忘与隐匿的过去,
到让贪婪蒙上迷纱的未来。
其间人性之恶
常引人朝向上升的台阶,
每一步都看似
押上了许诺,
其实际步步惊心,
充满了意想不到的陷阱。

所以他期待
有守护天使送他升天,
与沾满七种恶习的灵魂分开。
他努力以圣母圣子为愿景,
兼用美、德性与忠诚
抵御带罂粟冠者的诱惑,
是要让陷在尘世的肉体
得到解救,得以追上
天文、化学,

还有诗与音乐，
直至亲近
最高智慧的哲学。

这样，他诗歌的主题
就永远脱不了人与上帝的关系。
他无意让它们披上灵魂史诗的华袍，
而直言人是一出堕落与重生的戏剧，
这种说法对他身处的时代
委实太过刺激，所以他
只好不时提醒自己回归婴儿的初心，
更常皈返一如母腹的
故乡汝拉的土地。那片断层山脉
有的是予他鼓励的元素，
不像其他人看来仅仅是贫僻的
悬崖、沼泽和草地。

当然还有皮埃尔·巴朗什的哲学
让他获得了接近先知的想象力。
巴朗什说真书永难书写，这预告了
真诗必不能为庸众理解。
既然没人能从象征中辨别出真教义，
正如没多少人能读懂诺瓦利斯，
知晦涩的《夜的赞歌》是对真理
必有的象拟，他只能诉诸画笔，
予它们以神期许的模样。

并数十年只画一个主题,
让这个主题
为自己续永在的生命。

乌格利诺及其子孙

为能专权,
格罗戴斯卡家族的乌格利诺
就做了比萨的叛徒,
所以《神曲》要将他判为卖国者,
让他与两子两孙
落在冰冷的地狱第九层
啃食大主教鲁杰罗,
在其毛发上擦滴血的嘴,
并穷凶极恶地控诉被出卖的恨,
逃无可逃地为续命而吃干净
自己的儿孙,
剩下的惊恐真的让他庆幸
亏得自己已双目失明,
可以在饿塔的门被钉死后
不去管谁将钥匙投进河里,
更不用看
窗外的月明星稀。

自波提切利给但丁戴上桂冠,
太多艺术家就有了取之不尽的灵感。
他们试着因他的吟唱
画乌格利诺凹陷到可怕的脸,
和他黯然的眼所流露的

绝望的悔，是如何正啃噬他的心。
然而卡尔波犹感不够，为自己
从米开朗基罗和多纳泰罗那里
看到的有魔法的手
特别能曲尽其妙地传人物的心，
至于其所遭受的痛苦应该比
只有死、垂死及垂死中的挣扎
这三种状态的拉奥孔
更感激人心。
所以他不想让他们的这种挣扎
留下虽扭曲
但看去仍至为协调的余地。

所以他顾不上学院
一件雕塑只准塑两个人的规定，
为真实，一定要让五个人
紧紧地扭接缠绕在一起。
石头不会开口，可他偏要他们说话。
他放大了他们手脚的关节
来传达比拉奥孔多出许多的思与求，
所以让其左手指插入紧闭的牙缝，
撕嘴的右手肘别扭地搁在左腿，
而左脚趾则用力嵌入死命抓地的右脚，
这样不自然的姿势
足以传导此刻人物正经历的天人交战，
是相信你应该能体会的

一种彻骨的痛比饿更难忍受,
且不仅没有办法了断,
反而暗示了一种刻入骨髓的
时间上的永久。

没法再让你看的是儿子的手指
如何在父亲腿上压出深深的凹痕,
而他父亲背上的肌肉,
每一条都在抽搐,
似心与身体一样因紧张而蜷缩起来,
让许多人无法直视,无法把它
与善于表现微笑,且创造出
《舞蹈》与《花神》的那个人联系起来,
更免不了备受让人不适的抨击。
好在罗丹虽不满足,毕竟与他同好,
毕竟从未出门忘带《神曲》,
也能背诵有这样一个黑夜,
乌格利诺梦见鲁杰罗正带着饥饿的猎犬,
在山坡上追逐狼和它的崽。
他将这个故事搬上《地狱之门》,
他的《思想者》因此也将右手肘
搁在了左腿之上。

这就屏住呼吸
——写在博尔盖塞美术馆

安静下来,
用沉默掩饰疑惑,
在心里反抗常规。
看它们都大有来历的样子,
又常被奉为圭臬,
这样的正经与高冷
就是要你信
雕塑的美全在单纯,
而静穆显示的
怀情幽邃尤是高贵中
最高贵者,
通体透着典雅,
最有资格追配
人所希羡的希腊。

然而有种狂喜注定淹没理智,
有种欢呼停在舌尖
又用泪漫过脸,
注定要重塑人的表情,
就像顽劣与粗暴
必对应惊惧与惶恐,
注定会落在他刀上,

虽冰冷而仍被赋予温度，
其实不是以刀，
是以锐利过刀锋的他的眼，
让一切生出光来
照时间中流失的情，
居然真就让人的心
以他的节奏微颤。

由他搭建起华盖

我行过
这里的每一条街巷
和每一个广场,
来寻你
罗马最伟大创造者的踪迹。
那通常都会被追捧的
罗慕洛斯的徽记,
其实很呆板,
哪里像你
能纵过人的才情,
为这里每一块
被神垂顾的石头
吹嘘进
属灵的生气。

这个城市的全部建筑
洋溢着巴洛克难以言说的表情,
繁复而缛丽,
是为了说服人信
美本来就有些杳眇,
情感有时又狂热到无法克制,
以致放血后身体依然沸腾,
甚至更沸腾。

所以他只是依循,
并无意于做作。
你所不能理解的一切
都不过是上帝借他的手,
传达了自己
无远弗届的法力。

圣特蕾莎的狂喜

有哪个雕塑家尝试过

让石头摹状自幼癫痫的

西班牙修女的脸,

不是你所钦服的那种

理性、和谐与宁静,

相反,是放弃了挣扎后的

虚脱与驯服,

在云端上,由微阖的眼

到微张的嘴,说自己如何

因为心狂乱而脸苍白,

而手无力地垂下,

与趾尖微微翘直,

实极度渴望并沉醉在

神所赐予的迷乱。

看她宽大的衣袖

层层叠叠,似象征着她的

欢愉与痛一样强烈,

且每一个皱褶

都藏有丰富的内心戏,

绝非因为伊格那修的精神训练,

也不靠戏剧化的精神体验,

而全然是基于从来的虔诚与信仰

对得起教廷的封圣，

并能使信徒确认新娘神学是真，

将自己视为耶稣的新娘是福。

这样她的一切，

  包括她的贞洁

似乎就不再是她自己的，

  而只属于耶稣

这个至为神圣的新郎。

这就是伟大的贝尼尼，

不拿她的身体考验她的意志，

就让她与神相遇。

又体认她失去了人的情感的痛苦，

而让挣扎于宗教激情和世俗欢愉的她

能够面对来得突然和蹊跷的幸福，

包括爱欲的渴求，

并将之小心翼翼地封存在刀下，

居然真让大理石克服了自身的重量

朝上飞升，再运动变化，

动与静的强烈对比，

不是无端的抽搐与晕厥，

是因为看到了美，

而他的艺术信条本来就是要

及早看到美并抓住它，

从而让富泰得有些慵懒的巴洛克

绽放出鲜烈的人文主义的光。

犹忆他凿出的阿波罗和达芙娜，
同样因为丘比特的金箭
而一个点燃了火热的爱，
一个在仓皇的逃离中
瞬间化为月桂树。
该留意台座上红衣主教的题诗：
"沉迷中的人呵，
追逐着欢乐，
这昙花一现的美色呵，
让他得到的只是一个苦果
和几片落叶。"
你很想问穿着粗布麻衣，
整天驮石头
在阿维拉城中穿行的特蕾莎：
你得到了什么？
你确认自己已得到了吗？
这样你就会重新回到罗马，
来维多利亚教堂
找这个科纳罗小礼拜堂，听这尊
被教会冷落的雕像的吟唱：

我见天使走来，
长相美丽俊朗。
手持一支金箭，
插入我的心脏。
当其和血拔出，

我心开始燃烧。
那疼如此剧烈,
致我失声惨叫。
然而与此同时,
无尽甜蜜赶到。
唯求此痛永在,
使我天上飘摇。
能与神合为一,
哪怕仿佛也好。
世间至美音乐,
堪比胜景妖娆。
我愿归于平静,
祈求你的恩召。

有林茨交响曲拂过

从伯斯特林山
俯瞰这座罗马人称为
河湾的城市,
有多瑙河与特劳恩河交汇着
奔向维也纳,
所流淌出的路桥和集市
不断地酝酿着商机,
只为已作成的
南下意大利的要冲,
有更多令人称羡的传奇。

然腓特烈三世增建的城墙
让这里先成为要塞,
后演成的都城繁华,
和拿破仑战争后开始的
工业化进程,
都不足以
代三位一体柱上停蓄的
它驱除火与鼠疫的记忆。
更别说它制作的蛋糕
虽依照的是最最古老的配方,
甜而能激发人灵感,
终究少了

与萨尔茨堡抗衡的魅力。

直到图恩伯爵请来莫扎特
写这部交响曲,
它缓慢的序奏从数个和弦开始,
再由小提琴奏出的
华奢如春的主题抚过歌唱性的
快板,连同小步舞曲
轻快,继而坚实地充实
木管的纯与定音鼓的亮,
有一点接近于宴席上
杯盘交错的声响。
该怎样庆幸每个永恒的精灵
至此都变成了音符,
由后来任教堂管风琴师的
安东·布鲁克纳接续
他跳荡着浪漫的情与思,
让城市焕发了生机。

沉浸于肖邦如诗的幻境
——升 C 小调幻想即兴曲作品 66 号

虽然是中规中矩的三段体式,
一开始升 C 小调不同的
节奏型急速交合,分解和弦衬托的
快速流动的旋律,
奔放而富有幻想,
热情到有些焦躁。
然而才在矛盾中忧郁着,
很快就展开了中段
降 D 大调气息宽广的
歌唱性主题。
那优美如歌的行板属灵,
甜美到能纯美,
是略带着忧伤与哀那种,
似在等宣泄中的救赎,
可以让一种优柔寡断与无法释怀
在抒情中沉醉,融化,
在尾声中以低音
轻抚过它的梦幻与挣扎,
然后继续沉醉,融化,
陷入回忆,
直至整个世界终止于
主和弦上不断维护的它的主调,

上面有微露的曙光和着他的心跳,
虽有些犹豫,仍给人以希望,
以致隔再多个世纪
依然可以让人寄托至情,
尽管是这样
略带有惆怅和伤感的余音。

然而因这惆怅和伤感流淌在
他的指尖与心底,
他献给狄斯特夫人的这首曲子
虽不尽唯美,相反,
有骑士般激越浩荡的热情,
仍不为人知,甚至没有称名。
他内向的个性,有些弱,
使他畏避人对主旋律与莫舍列斯
有些相似的质疑。
直到死后
他们才体认他有更丰富的内容
和严谨的结构,
足以应对莫谢列斯
太过甜腻的批评。

群星璀璨的十九世纪,
不要说莫舍列斯二十四首练习曲
也有不安与矛盾,
抑或柔情与梦境,

更有胡梅尔、克拉莫和李斯特等

太多人争着与他分享

唯缪斯才肯赋予的才性。

然而少年神童的美名,

和由思乡反激出的出神入化的技艺

让他虽遭沙龙钢琴家的调侃,

仍敢无视维也纳广庭中的欢呼。

只是承继自伟大巴赫的灵感

自如地平衡

自由与结构,还有浪漫与古典。

这样的名满天下,

如种种纯色交错产生辉煌,

如物自身有光而能溢照四方,

不止有乡愁,更有

对人情人性的思与忧,

让他越然于

众声喧哗之上

发诗人的声音,虽微弱,

却如金子不以重,

以自己的纯

而持久地感激人心。

听他忠实的诠释者鲁宾斯坦

说自己是这样偏爱波兰的秋季,

爱它温柔忧郁的黄昏,

和大自然精心涂抹的各种颜色,

浓淡相间,

全是他音乐最动人的背景。

他偏爱看那里

深灰色磐石上的青苔,

和伴歌谣跳荡在大地上的

不起眼却仍骄傲到出奇的

欧石楠,那么梦幻妖娆,

给他以藉慰,更赋予他力量,

让他终于能直面

英雄般的崇高,

以挥洒他久积于心的意气。

犹想在那样的时候,

他来巴黎赴那样流动的盛宴,

那活色生香的浪漫诗画与音乐,

洋溢的全是法兰西纯正绵厚的气息,

并即使尚未迎来将要叫门的爱情,

尤其马略卡岛上

因乔治·桑而变得天蓝水绿,

如山峦般起伏的郁郁葱葱的心情,

但所有夜曲、前奏曲、叙事曲

和练习曲中流淌的,

全是他对母国与故土的思念。

它丰富变幻的情感

寄意深广,更多超越,

所以海涅说他属于三个民族:

波兰给他骑士的灵魂

和苦难的记忆,

法兰西给了他魅力,

德国则赋予他神圣的浪漫主义。

但饶是如此,你不能说他是

法国人和德国人,

甚至也不是波兰人。

他的出身更高更贵,

与莫扎特、拉斐尔和歌德

同一故乡,

那是梦想与诗的王国,

而他,是这个王国的主人。

永住在阿尔特的舒曼

仅仅拥有呼吸,
不一定拥有生命,
因为它时常会因一种
急切的渴望
而局促,收紧。
更何况那将要到来的坠落
正是他无可挽回的癫狂,
原本就需要有一种肯定
来安慰他,
绝望透顶的心情。

这样就有了
一个不甘褪色的灵魂
悄悄地
爬出秋的坟茔,
抖落积攒了很多年的痴,
在春天密匝的树的缝隙,
虽不认识任何人,
也不想认识任何人,
仍顾怜着自己
单薄到不能起舞的身形。

在只知道征逐梦的年纪,

自己原本也能自如地

调用每一根手指,

并任意舒张自己的肾上腺,

玩一波波春潮决堤的游戏。

此外就想去万神殿

交代让·保尔的文字

如何不自觉中夺走自己的心,

又如何,舒伯特的死

让自己真悲伤到不能自已。

且暂时忘掉那些花和诗一般

与克拉拉共同度过的日子,

去看远方高天上的神祇。

它高到所有的树和树上的鸟

都无法触及,不是示人冷漠,

相反是正想召人亲近,

为他可以脱去魔咒般的阴影,

与终可以心平气和地赞叹

她的聪明,虽有些令人气沮,

终还须承认确实犹胜于己。

然而这个过程真很艰难,让他烦乱。

好在神安详呵,告他这需要时间,

而神自己并没有觉得这种告诉花时间了,

因它送出阳光与引发雷暴时也这样,

有的是时间悠长,陪他聊女儿的嚣闹,

和门德尔松诚恳到有些滑稽的劝架。
直到他安静了下来,能回到回忆中去
编织他桃金娘的花冠,能尝试用
异度空间的音符跳荡他残存的爱,
真视她为自己唯一的神祇。

被伏尔塔瓦河迎来的

源出波希米亚舒马瓦山的
伏尔塔瓦河,
经杰约维采盆地横切出
中捷克高地深窄的狭谷,
到下游,才得以舒展它
宽广坦荡的河床。

河岸边布拉格与克鲁姆洛夫
做成的它的缀饰,都闪着光,
但不过是缀饰,不是它
真实的体段。而它时疾时缓的
呼吸,总归于深沉,
有着激越而庄静的流淌。

这就迎斯美塔那
用长笛与单簧管交汇出它的音色,
用小提琴的波奏和竖琴恣行它
阳光下的行潦,听着似泛音,
其实是他的热情,强烈地助它
奔腾至于浩浩汤汤。

穿过茂密的森林,
他去追月下仙女和中世纪骑士。

他分乡间婚礼上波尔卡的喜庆
予古堡中积蓄了几个世纪的怨灵，
原不是想以悠久的神话
来映像波希米亚的忧伤。

很快，圆号悄悄地爬上了他
浓而厚的静夜，以柔而淡的小调式
降临又远赴斯维特扬峡谷。
等它流过古老的维谢格拉德，
不舍昼夜，持久地轰鸣，
全是大调坚定的吟唱。

巡礼，则是它低而深情地抚慰
塔波尔和布拉尼克山的英魂，
和用进行曲循这里的森林与草原
唱颂复仇的英雄萨尔卡。
他踩着波尔卡舞曲夸赞母亲河，
有这样令人不胜孺慕的慈祥。

正如铜管和定音鼓敲出的声音
足以宣布他虽失聪，
但捷克人命定就生活在音乐中，
而他的出现命定是要回绝维也纳
对这里出不了作曲家的偏见，
诚是这个民族最深沉的热情在闪光。

我用人的语言和天使的语言
——致勃拉姆斯《德意志安魂曲》

因为是虔诚的新教徒，
人们相信他安魂曲的每个乐章
都在唱颂上帝，饱含着
悬挂在末日审判之上的人们
对永生永恒的渴望。

然而该如何面对这样无情的拷问，
说人世间凡有血气的一切
都如花草，花必摇落正如草必凋零，
而人奔竞的无谓也同于此，
其生之短暂原就窄如手掌。

所以要期待俗世中的精神安慰
来助他思考该指望何物，
和何物能将人的灵魂交付于理性，
由此能坦然面对已逝的故人，
真的获得支撑自己的力量。

所以他的音符不再只有哀怨，
而有对普遍人性的渴望。
他站上比巴赫与亨德尔更高的台阶
望向精神复活之道，其实是

将上帝置换成更深而幽邃的信仰。

这样就有了远处静静陪着它的
如春天般的独唱,而它浑闳的合唱
也如花,氤氲着独特的温馨,
确实是天堂才有的旋律,
在人沉思过后依然深情地开放。

神说哀恸之人必得安慰,
正如流泪撒种之人必能欢呼收割。
他们欢天喜地带禾捆歌呼着回家,
是只知道祈祷神给出指引,
唯你以音乐为获救的应许跳跃。

谁能带这样深至的抚慰
去升登这样幽深而特别有光的殿堂。
谁能在黑暗中阖永夜独醒的眼,
拉下帘,去掩已逝母亲的脸,
和认定自己必有未来的她的目光。

更不要说上帝总能挑选信任的使者
去接受人对天堂的冥想与渴求。
那样的节奏舒展,近于他日渐变缓的步履,
让他带同样的虔诚走近她,
以一种特别的方式寄托自己的向往。

向往是对自小积下的矜持秉性的摆脱,
是知道去往圣殿的道途必有阻隔,
必会让人有闻香增愁的痛
流淌于马上写成的《第四交响曲》,
这似前世注定他此生难有欢畅。

然而回忆是只有她才知我的音乐如宝石,
只有她虽矜持而犹豫,仍希望我能得到
上帝的允许,借《四首严肃的歌》让自己的心
在克拉根福草场徘徊游荡,并最终
大声地说出这个世界唯有我爱你若狂。

任锤子都敲不出的悲伤

阿尔卑斯山的美,
为什么没能给他的音乐带来
湖边草地上的明媚。
让他用奏鸣曲开场,再配合着
牛铃的乐思从第一乐章
就发展出田园风,
然后持久地
在跳跃与追逐中行进。

雪线上何其晶莹澄澈的光,
和这光沐浴的雪绒花,隐隐绰绰,
每一刻都回应了钢片琴带出的幽默,
但为什么这么快,
它们就被过度的悲伤占据了
从音色到织体的每个间隙,
以致木管暗含的希望与热情
总输于弦乐不安的颤音,
它们交替行进在将要崩溃的
思的边缘,完全是一种
近乎绝望的悲鸣。

回忆是柔美中略带忧伤的旋律,
似奥地利连绵起伏的群山,

还有山间秋雨后的晴岚

回响着来自另一个世界的声音。

且相信双簧管的叙事可充任

欢喜的光明天使,忽又长泣,

感动着自己,在这鬼魅般引子后

几经转折穿插,太偶然的音色透亮,

让人体会到意想外的命运转机,

其实是必然经由定音鼓的

强调与重复,此刻悉数转换成了

乐章末更客观化的广大的忧伤,

这样无法捉摸与想象,

虽历经变故,仍无尽地低回掩抑。

对这样的哀乐交替,

似徘徊于悬崖边缘的举棋不定,

必须有巨大的锤

槌击同样巨大的共振木箱,

一次又一次,然后听任他颓然倒下。

如此,它摄魂的瑰丽

才足以让结束在低音区

近似安魂曲般的悄声低吟,

有超越于尘世的特性,

似对形而上存在的顽强挑战,

呼唤得出执拗的坚持,一如

卡夫卡小说与霍夫曼斯塔尔的诗,

能对应这强烈的弦上的思

和十支圆号的合鸣，
胜似仙乐或布鲁克纳的圣咏，
通体洋溢着感激人心的气性。

撕开密布的阴霾，
终于迎来了贝多芬后
最具古典特质的深沉的哲学。
它符合常规的乐章形式，
呈示、展开和再现的调性统一
其实有与十九世纪相区隔的
更激越的情感，
是真正的"音乐选我为器"，
象征着新时代的开启。

以雪谛听萨尔茨堡

被汉尼拔和恺撒仰望的
阿尔卑斯山,诚为拜伦最亲近的
大自然的殿堂。它的气质
圣洁不容人欺,引雪莱称美它的静,
更视它怀抱中的萨尔茨堡
如世外桃源,此一刻
因为有神降临,倏尔就成了
它最华丽热闹的门庭。

它门庭内被焚香夜熏染的
每一个礼拜日,和唯这天才点亮的
降临节花环上的每一支蜡烛,
已经让香果和槲寄生闪闪发光了,
居然还助烘焙日中的妇人
以香草月牙饼干给孩子们解馋,
让从锻铺回来的他们的父亲
由新磨的刀看新的年景,
诚为现世最安稳的劳生。

很快冥界女王的儿子坎卜斯
和怪老头伯赤塔戴面具,
在圣尼古拉斯日的前一夜现身在
城里的大小街巷,

他们拿桦树枝捉不听话的小孩,
原是要借四下奔逃驱散其饥寒,
现已变成用歌吹与铃铛
招顽童脱离成人的游行队伍,
由谁摸到它们的头角,来追赌谁就有
一整年的好运。

这就烫热杯中的红酒,
在烤苹果的香氛中
将奥本多夫小教堂的《平安夜》
送上教堂的尖顶,然后
再载歌载舞地扮圣母玛丽和约瑟夫
去敲每个冷杉装饰的门,
去讨一声祝福,生好一阵欢喜。
看太阳催大地以生,
正如风能洗净人的俗肠。
唯星月犹胜于雪,
示人以澄明莹彻的心境。

它的名字

从这里每一个壁柱的卷涡看过去
都有你,被虔诚地奉供在
最高处的基萨拉琴的仪型。
你朗亮的声音由谁的纤手调弄,
还是仅靠着拨片,
就让一窗的细雨传四山的沉烟,
如星月在水,远胜过宁芙们
环佩交响的玉音。

这样不同于琤瑽杂鸣的
你的吟唱似天籁,其实是天使
假林中散步的赫尔墨斯
偶尔踩到龟壳,
然后蒙以牛皮,再架四根弦
上这样精致的横梁,
居然接续了它残存的呻吟,
成了与诗同源的
宙斯赐予阿波罗的乐器。

它的质性文明而娴静,
启发了脱尔潘德以木为底座,
然后增以三弦,
在太阳神祭祀中演奏它,

并容忍人为交横的余情增至十一弦。
所赋予的金属般音质
交织上升,缠上缪斯颁赐的
每个音符,终不逊色于
琉特琴和曼陀林,
它的名字叫里拉琴。

后记

很想借此说说行走的好处。日本大正时期的名作家、著有《欧美名士印象记》《拜伦传》的鹤见祐辅在所作《思想·山水·人物》中曾说过这样一段话，大意是就人的智识而言，得之于书的最容易也最初级，由见闻而得到的智识，要比由思索而得到的贵重许多，这是因为阅历这件事最难说，形成也最不易，而行旅正提供了人增加阅历的机会，所以古人在行旅中思考，今人在行旅中诵读，那最少最个别的人，在行旅中识得宇宙大文章。鲁迅曾称赞作者对英美现势和国民性的观察"有明快切中的地方，滔滔然如瓶泄水，使人不觉终卷"，正与他在那里长年行走见多识广有关。

说起来，包括中国人在内，近代以来亚洲人之所以对行旅的意义有认识，或多或少都受到欧洲的影响。从卢梭的觉醒到梭罗对野性的征服，从兰波愤怒的出走到奈瓦尔忧伤的游荡；往哲学上说，是从康德的日常出行到本雅明之成为城市诗意的漫游者，都曾深刻地启发了人们，增加了他们践行读万卷书行万里路的豪情与兴会。至于卢梭觉得只有在行走时才能思考，乃至赛华尔将卢梭的浪漫主义与古典传统挂连起来，称自己一直坚持"我在行走中沉思"的理想，或可追溯到亚里士多德在雅典创办的吕克昂学院。亚里士多德在那里的林荫道上边散步边给弟子讲学，他创始的哲学因此被人称为"漫步派"。其实，在亚里士多德乃至苏格拉底、柏拉图之前，智者学派中的哲人们已经热衷行走了，他们引领了雅典人的生活，使得行与思自此有了最密切的交集。

再以后，以朝圣与游学为目的的"壮游"出现了。始于三世纪，历中世纪至于十六世纪，成为贵族成长之必须。这些出身高贵的年轻人，沿罗马和圣地亚哥-德孔波斯特拉，在欧洲展开南北两路行走，虽十八世纪声势稍减，但此后又有回升，且目的不再止于圣物崇拜，更有对景观后所蕴含的历史文化的观察与体认。其间，哲学家从未缺席。霍布斯甚至将墨水壶安在手杖上，以方便随时记录自己行走中的思虑。孟德斯鸠展开欧洲之旅时虽年近不惑，依然兴致勃勃，并对远方中国产生了强烈的兴趣。此后边沁、穆勒等人就更不用说了，行旅在他们那里，不再是从一座宫殿走到另一座王廷，甚至不再是世俗之旅，而具有更深湛的哲学意义。至于今人之越来越多寻访希腊、罗马，进而去埃及、叙利亚乃至波斯与印度，以为对过往的了解能助人联通当下，找到自己，其间隐隐约约，仍看得到哲思跃动的波澜。

这样就说到了文学与诗歌。虽说柏拉图否定过诗歌，认为它基于灵感，易让人失去理性，无法与哲学相比。诗人因此形同婢女，被逐出了理想国，甚至连伟大的荷马也不能幸免。但在他之后，从亚里士多德、薄伽丘到雪莱再到德里达，为诗辩护者也多，并且越来越多。诸如施莱格尔"在人性的理想状态中，只会有诗存在"，以及谢林"艺术对于哲学家来说就是最崇高的东西，因为艺术好像给哲学家打开了至圣所"，更直接为诗争得了地位。

就是对神灵附体、神赐灵感等说，诗人们也有自己的理解。尽管文艺复兴时期，有剑桥才子之称的托马斯·纳什视诗为"更隐晦又神圣的哲学"，认为"它被包裹在隐蔽的寓言和神秘的故事里，那里隐含着更出色的关于行为的艺术和道德箴规，对此加以解释的是林林总总发生在其他王国和国度的范例"，但更多人在维系诗与哲学关系的同时，更重视其之于广大生活的联系。所以里尔克会说"诗是经验"，诗人要写好一句诗，"首先必须看过无数城市和人事，必须熟识动物，谙知鸟怎样展翅飞翔，花怎样在凌晨开放。必须能够怀念那些遥远地区的路径，那些偶然的邂逅，那些无可回避的离别，那些仍然充满神秘的童年日子……那些在寂寞的房间里度过的时辰，那些海畔的黎明、海本身和各种不同的海，那些激越的跟众星飞行的旅夜"。二十世纪最重要的诗人之一、以色列诗人阿米亥因此称自己是一个"旅行者"。同时期法国诗人、超现实主义诗歌先驱皮埃尔·勒韦尔迪也说："诗歌不总是柔情和爱情的游戏，它是理智十分顽强而艰辛的活动，理智试图表现这类人的生活奥秘，他们饱尝生活的艰辛，也没有在生活中为自己的真正尺度找到足够的合适处所，这种尺度只有他们的创作才能使他们意识到并迫使他们说出来"。显然，在他们那里，让诗沉入生活与沉入哲学是一而二、二而一的事情。

也所以，博尔赫斯称诗是生活最本质的部分。有"诗人中的诗人"之称的西班牙诗人希梅内斯更认为"诗歌的职能只有一种作用：深深地沁入我们精神的圣殿——那里有灵魂最彻底的隐情和孤独——帮助我们实现在内心深处揭示人生本质的愿望"。从这个意义上，虽不能否认诗歌总体上仍无枝可依，有的悲观论者甚至将之比作无家可归的流浪儿，但它就是这样不只是揭示真理，还通过充满激情的创造性表达来促使人寻找真理，在给人温暖与安宁的同时，鼓励人借它而勇敢地与世界相处，更与自己相处，从而维护了它同于哲学的尊严。

当然，这个过程需要耐心，需要如彼得拉克所说，有一个

"面纱"使其变得更绰约，更含蓄，以便读它的人能经过努力，获取其中的智慧。尤其服膺雅各布森的话，他说诗歌的诗性功能越强，其语言就越少指向外在环境，越偏离实用目的，而仅仅指向自身。这里的自身自然是指诗的音韵、词语和句子等形式因素。其实早在古典时期，西塞罗就已站在诗的内部，将修辞学视作诗歌最亲密的邻居了。后来这种修辞学被不断扩大、深化与细化，所展开的关于意象与声音的讨论，是个人作诗最着意的方面。

就前者言，因为它构成了诗与散文最主要的区别。不同于散文更多间接语言，诗必须用"直接的语言"，尽可能调动直觉，借隐喻造成有生命的意象来构成自己的灵魂。就后者言，诗与音乐从来存在着联系，蒲柏《批评论》就称声音是"意义的回声"，十九世纪浪漫主义诗人和二十世纪象征主义诗人更是将音乐性提升到极其重要的位置。无论魏尔伦、雪莱，还是俄国诗人别雷，都如此。在他们看来，一切艺术都应该向音乐靠拢，都应用一种"内在韵律"表现事物的本质。而由节奏和韵律产生的联觉对应，更被当代人视为符合神经认知科学的"情感声音"。对此，雪莱的表达尤其富有诗意。他称诗是"永恒音乐的回响"，诗人是一只栖息在黑暗中的夜莺，"用美妙的歌喉唱歌，来慰藉自由的寂寞"。而艾略特则用舞蹈来比喻诗的文字组合，在《四个四重奏》中认为它们每一个都恰到好处，"既不晦涩也不炫耀"，"普通的词，精确而不俗气；正规的词，确凿但不迂腐"，从而构成一出"完整的语音舞蹈"。显然，这与上述"直接语言"说正相匹配。当然，这与主张诗须反映更广大的生活也不矛盾。此所以希梅内斯会说："诗的修辞如果不是思想和心灵的产物，只是词句和笔尖的产物时，诗就会变得复杂难懂"。个人的创作，特别留意这样的忠告。

收在本集中的 120 首诗，一如前一部《云谁之思》，大都成于旅途而非书斋，分述的是欧洲的历史与文明、神话与传说、习俗与风景、文学与艺术。诗艺上说难称精良，但诗情真切却确然无疑。并且，因是又一个十年的行走，对异文化及其各种样态的了解自然更多了。许多时候，许多实物、图像和文字已非初见，而是重会。这样的缘故，较之以前认识也更准确深入一些。因此眼光所及，不再局限于欧洲主要国家，还兼及埃及、苏美尔、赫梯和阿兹特克等人类早期文明；具体的关注点也不仅在历史文化，还包括宗教与艺术；而这艺术中又不仅以诗与画主打，还兼及音乐，并相应地每首篇幅虽长短不一，但不少诗因此变得更长了一些。

记得阿莱克桑德雷·梅洛说过，诗与艺术总是特别依赖传统，每个诗人只是这种传统的一个环节。个人对此感受深刻。不过换个角度，每个人的诗又确实各有其生命，正如布罗茨基所说，一旦开了头，许多时候即使诗人自己也不知道它们会去到哪里，并以何种方式结束，以至有的时候他写出的东西叫人吃惊，他的诗思甚至比他自己所希求的指涉更远。这样的缘故，尽管处于诗人早已不再握有权杖的现世，自己因才力有限，仍摸索在接续伟大传统的中途，却也不敢忘记狄兰·托马斯《不要温和地走进那良夜》的咏叹："不要温和地走进那良夜，老年应当在日暮时燃烧咆哮；怒斥，怒斥光明的消逝。虽然智慧的人临终时懂得黑暗有理，因为他们的话没有迸发出闪电，他们也并不温和地走进那个良夜。"当然，因为确实是老了，以老人已有和应有的清醒，也不敢忘记贺拉斯《颂诗集》第一部中的那首诗："你当明智，滤好酒，斩断绵长的希望，生命短暂。说话间,妒忌的光阴已逃逝。摘下今日,别让明日骗。"

最后,感谢丁帆先生赐序,一直以来,他的关注和鼓励给了我很大的动力;也感谢上海文艺出版社和李伟长先生。当然,最应感谢的还是这个时候依然关注诗歌的每一位读者。谨以至诚之心,期待来自你们的批评。

作者

2024 年 6 月

图书在版编目（ＣＩＰ）数据

应如它长逝 / 汪涌豪著. -- 上海 : 上海文艺出版社, 2025. -- ISBN 978-7-5321-9250-2

Ⅰ. I227

中国国家版本馆CIP数据核字第20251ZK960号

策划编辑：李伟长
责任编辑：李　霞
装帧设计：白砚川

书　　　名：	应如它长逝
作　　　者：	汪涌豪
出　　　版：	上海世纪出版集团　上海文艺出版社
地　　　址：	上海市闵行区号景路159弄A座2楼 201101
发　　　行：	上海文艺出版社发行中心
	上海市闵行区号景路159弄A座2楼206室 201101 www.ewen.co
印　　　刷：	上海中华印刷有限公司
开　　　本：	1092×889 1/32
印　　　张：	11
插　　　页：	5
字　　　数：	247,000
印　　　次：	2025年4月第1版 2025年4月第1次印刷
Ｉ Ｓ Ｂ Ｎ：	978-7-5321-9250-2/I.7256
定　　　价：	78.00元
告 读 者：	如发现本书有质量问题请与印刷厂质量科联系　T: 021-69213456